mainbook

ISBN 978-3-947612-44-4

Lektorat: Gerd Fischer
Covergestaltung: Lukas Hüttner

Auf der Verlagshomepage finden Sie weitere spannende Bücher: www.mainbook.de

Robert Maier

Virus Cop

Der Tote an der Nidda

Krimi

Der Autor

Robert Maier, 1961 in Frankfurt am Main geboren, schreibt seit 2010 Belletristik und Kurzgeschichten. Dabei fühlt er sich im Krimi-Genre genauso wohl wie etwa in Science-Fiction und sozialkritischen Glossen. Sein Hintergrund als Diplom-Physiker macht sich in seinen Texten ebenso bemerkbar wie seine Leidenschaft für Krimis, Astronomie und Reisen.
2016 wurde sein erster Roman „Pankfurt" veröffentlicht.
Robert Maier ist verheiratet und hat zwei erwachsene Kinder. Er arbeitet bei einer großen deutschen Fluggesellschaft im IT-Bereich.
„Virus Cop - Der Tote an der Nidda" ist seine erste Veröffentlichung bei mainbook.

1

Letztlich war es doch eine Menge Arbeit gewesen. Aber es hatte Spaß gemacht, und darum ging es ja: auszuprobieren, ob es gelingen würde. Die Lösung war das Ziel, der Weg oft mühsam. Jedenfalls funktionierte das Ding.

Begeistert klickte Olaf auf der bunten Benutzeroberfläche herum, öffnete Fenster, wählte Optionen aus, sah erstaunt auf die Ergebnisse. Es war beinahe ein Wunder.

Er nahm die Lesebrille ab und rieb sich die brennenden Augen. Spät war es geworden. Durch das Fenster in seinem Arbeitszimmer sah er die Häuser der anderen Straßenseite. Bis auf wenige Ausnahmen waren alle Fenster dunkel. Die Leute schliefen. Er sollte nun auch ins Bett gehen. Die Arbeit an dem Programm war beendet. Wie immer in solchen Augenblicken genoss er das befriedigende Gefühl, eine komplexe Aufgabe erfolgreich gelöst zu haben.

Meistens verlor er das Interesse an den Programmen, sobald sie fertig entwickelt waren. Die Sudoku-App für das iPhone, von ihm einige Monate zuvor geschrieben, hätte sich wahrscheinlich gut verkauft, aber daran hatte er kein Interesse. Genauso wenig wie an Sudoku *Spielen.* Es ging darum, ob er etwas zum Laufen bringen würde.

Er ließ sein Handy auf dem Schreibtisch liegen und setzte sich mit dem Laptop auf einen Sessel im Wohnzimmer. Natürlich funktionierte es auch über die Distanz. Aber er wollte es selbst sehen, sich davon überzeugen, dass die beiden Geräte wirklich durch Wände und geschlossene Türen hinweg kommunizieren konnten.

Er gab die Telefonnummer für die Mailbox ein und hörte sich die neueste Nachricht an.

»Hallo Olaf«, erklang die Stimme seines Freundes Gottfried. »Ich bin zurück aus Boston. Wollen wir uns morgen treffen?«

Er grinste. Natürlich wollte er ihn treffen. Sie hatten sich ja wochenlang nicht gesehen. Er machte einen Doppelklick auf die Sound-Datei, in die sein Programm die Mailbox-Nachricht kopiert haben sollte.

»Hallo Olaf ...«

Wieder hörte er Gottfrieds Stimme. Das Kopieren klappte. Der alte Knabe klang heiser. Er hatte sich in der Businessclass doch nicht etwa einen Zug geholt?

Olaf probierte noch weitere Funktionen aus, öffnete das Adressbuch, rief Mails ab, startete eine Nachrichten-App. Nichts Spannendes, wenn man davon absah, dass er das von seinem Laptop aus tat. Das Handy, auf dem das alles stattfand, war in einem anderen Zimmer.

»Es funktioniert.« Er ging in die Küche. Vor Kurzem hatte er eine Flasche Wein im Schrank gesehen. Sie war noch da. Ein Merlot. Damit würde er sein neues Projekt abschließen. Er machte es sich mit einem vollen Weinglas auf der Couch bequem. Schon nach dem zweiten Schluck spürte er, wie sich der Merlot wohlig in seinem Körper ausbreitete.

Das Programm war wie eine Fernbedienung. Er besaß die volle Kontrolle über das Gerät. Er könnte das mit jedem x-beliebigen Handy tun, ohne dass sein Besitzer im Entferntesten etwas bemerkte. Eine beunruhigende Vorstellung. Wie viele Kriminelle und Geheimdienstler mochte es geben, die tatsächlich einen solchen Virus für ihre Zwecke nutzten? Er würde das Programm niemals auf ein anderes als sein eigenes Handy installieren.

Olaf nahm einen weiteren Schluck von seinem Projektabschlusswein. Plötzlich musste er grinsen. Ihm gefiel der Gedanke, der ohne Vorwarnung in seinen Kopf geschossen war. Er wollte den Virus *doch* nutzen, wenn auch nicht so, wie es Kriminelle tun würden, sondern für einen kleinen, fiesen Spaß.

Tobias legte sein Handy meistens auf den Esstisch, wenn er nach Hause kam. Wie gewöhnlich hatte er es vor dem Schlafengehen nicht ausgeschaltet, für Olaf pure Stromverschwendung. Aber für seinen Streich bedeutete es, dass er ihn sofort in die Tat umsetzen konnte. Er müsste über den Virus bloß eine kleine Manipulation des Adressbuchs vornehmen, und wann immer Tobias seine Kollegen anrufen wollte, würde sein Handy eine ganz andere Nummer wählen als erwartet.

Olaf rieb sich vor Begeisterung die Hände. Vormittags würde sich der Dolly-Buster-Shop melden, nachmittags ein Eroscenter und abends eine Striptease-Bar. Zu gerne würde er Tobias' verblüfftes Gesicht sehen.

Er erschrak bei der Vorstellung, dass er genau das könnte, wenn er nur wollte. Er könnte Tobias' Gesicht sehen, denn der Virus kontrollierte auch die Handykamera und würde alles aufzeichnen, was man ihm auftrug. Er verfügte über ein perfektes Überwachungsprogramm.

Olaf nahm einen Schluck Wein und betrachtete nachdenklich das Handy auf dem Esstisch. Er wollte niemanden überwachen, und er wollte Tobias nicht ausspionieren. Er wollte ihn nur ein klein wenig veräppeln.

2

Olaf wunderte sich, dass er Gottfried im ›Krummen Hund‹ an keinem der Tische sitzen sah. Normalerweise war der alte Herr pünktlich, wenn es um eine kulinarische Verabredung ging.

»Einen Sauergespritzten, bitte.«

Er hatte die Bestellung kaum ausgesprochen, als Karin das Glas vor ihn auf den Tisch stellte. Karin kannte ihre Stammgäste.

Olaf winkte Günther zu, der an einem anderen Tisch vor seinem Glas saß. Günther war immer da. Er gehörte zur Einrichtung wie der hölzerne Tresen, die Bembel und das zur Lampe umgestaltete Hirschgeweih an der Decke. Wie immer trug er ein gebügeltes Hemd, das sich über seinen nicht zu übersehenden Bauch spannte. Olaf dagegen sah man nur noch mit Polohemd oder Sweatshirt, seit Carola, die sich aufs Bügeln verstanden hatte, nicht mehr da war. Die wölbten sich zwar über seinem Bäuchlein, aber mit achtundfünfzig durfte man nicht eitel sein.

Er wurde von einem kurzen Bimmeln aus seinen Gedanken gerissen. Das Handy. Wieso dieser Ton? Den hatte er noch nie auf seinem Smartphone gehört. Er klang kitschig, erinnerte an ein Glöckchen am Weihnachtsbaum. Auf dem Bildschirm stand eine Benachrichtigung. Olaf setzte die Lesebrille auf. Wieso bekam er eine Nachricht von dem Virus? Vermutlich hatte er vergessen, irgendeine Option auszustellen. Prompt dachte er an Tobias und an seine hoffentlich zahlreichen Anrufe beim Dolly-Buster-Shop. Er öffnete die Konfigurator-App, über die er den Virus steuern und die wichtigsten Einstellungen ändern konnte. Der Virus hatte tatsächlich vier Nachrichten von Tobias' Handy auf den Server kopiert. Das sollte er aber nicht. Mit der

App konnte Olaf diese Funktion nicht abschalten, aber er würde das später zu Hause am Laptop tun.

Gerade als er das Handy in die Jackentasche stecken wollte, ertönte das Weihnachtsgebimmel erneut. Eine weitere Benachrichtigung. Diesmal öffnete Olaf eine der Nachrichten. Während er las, weiteten sich seine Augen. Auf seiner Stirn entstanden tiefe Dackelfalten. Sein Mund stand offen. Er las eine weitere Nachricht. Noch mehr Details! Karin, die gerade mit einem Tablett in der Hand zu einem Gast unterwegs war, schüttelte missbilligend den Kopf über seine Grimasse. Olaf bemerkte es nicht. Er war völlig von den Informationen eingenommen, die er auf keinen Fall lesen durfte, die aber so unglaublich interessant waren.

»Neuigkeiten?«

Fast hätte er den Mann nicht erkannt, der sich mit ironischem Grinsen über den Tisch beugte, als wollte er vom Bildschirm mitlesen.

»Was ist denn mit *dir* passiert!« Olaf schaltete den Bildschirm des Handys aus.

Gottfried machte eine gleichgültige Handbewegung und setzte sich Olaf gegenüber an den Tisch. Seine Hand wirkte mager und knorrig. Das sonst eher runde Gesicht mit dem getrimmten weißen Bart wirkte wie ein Ballon, aus dem die Luft herausgelassen worden war. Die Augen lagen so tief in den Augenhöhlen, dass man sie kaum sah.

»Ich gehe morgen zum Arzt.«

Olaf ließ das Handy in seiner Jackentasche verschwinden. »Du siehst aus wie dein eigener Großvater!«

Gottfried grinste ein unansehnliches Totenkopflächeln.

»Wenn du weiter so viel in der Weltgeschichte herumreist, werden sie dich demnächst in der Businessclass in Einzelteilen zusammenfegen«, sagte Olaf, obwohl er wusste, dass Gottfried auf Ratschläge nicht viel gab.

»Das Rauchen haben sie mir abgewöhnt, aber das Reisen gebe ich niemals auf.«

Olaf nickte. Gottfried ohne Dienstreisen – das war schwer vorstellbar. Er war ständig unterwegs: Meeting in Chicago, Messe in Singapur, Kongress in Rom. Und wenn er im ›Krummen Hund‹ saß, konnte unverhofft sein Handy klingeln, und er begann auf Englisch, Spanisch oder Französisch irgendwelche Dinge zu regeln, während er seinen Apfelwein trank.

Karin stellte Gottfried einen Sauergespritzten auf den Tisch. Sie starrte ihn irritiert an. Ihre Begrüßung fiel unsicher aus, und sie verschwand hastig hinter dem Tresen.

Gottfrieds Hand zitterte merklich, als er das Glas hob, um mit Olaf anzustoßen.

»Ich hoffe, der Onkel Doktor kriegt dich wieder hin. Ich brauche dich nämlich für ein Projekt.«

»Ein Projekt? Ich dachte, du machst dir mit der Abfindung ein gemütliches Leben.«

»Gemütlich. Aber nicht langweilig.«

»Du wirst doch nicht wirklich wieder in der IT arbeiten wollen?«

Es war wenige Wochen her, dass Olaf die Sachen von seinem Büroschreibtisch in den Müll geworfen und nur ein paar Kleinigkeiten in einem Karton mit nach Hause genommen hatte. Der Deal mit der Firma sorgte für eine üppige Rente, sodass er sich bereits mit achtundfünfzig zur Ruhe setzen konnte. Zusätzlich gab es eine happige Abfindung. Das reichte aus, um nie mehr arbeiten zu müssen, und das hatte Olaf auch nicht vor.

»Es ist nicht *die* Art Projekt. Ohne Kunden. Ohne Business Case.«

»Etwas Gemeinnütziges also!«

Olaf gefiel, dass Gottfried so auf dem Holzweg war.

»Ja. Das trifft es ganz gut. Unser Projekt wird der Gesellschaft nutzen.«

»Ich spende seit Jahrzehnten für Amnesty International. Das ist mir Charity genug.«

»Du könntest dich, statt nur mit Geld, mit persönlichem Engagement für eine gute Sache einsetzen.«

»Dafür fehlt mir die Zeit. Ich bin ja kein Rentner wie du.« Gottfried prostete Olaf mit einem Grinsen zu, und wieder zitterte seine Hand. »Erzähl mal von deinem Projekt. Ich sage aber gleich, dass ich keinen alten Damen über die Straße helfe.«

»Es geht nicht um alte Damen. Du weißt ja, dass ich beruflich mit IT-Sicherheit zu tun hatte.«

Gottfried nickte. Olaf galt als Experte, einigen sogar als Koryphäe auf dem Gebiet.

»Ich habe ein Programm geschrieben.«

»Also doch ein IT-Projekt!«

»Es geht nicht um das Programm, sondern darum, was wir beide damit tun können.«

»Eine Datenbank mit alten Damen, denen über die Straße geholfen werden muss«, spottete Gottfried.

»Ich habe einen Virus geschrieben.«

In Gottfrieds ausgemergeltem Gesicht hob sich eine Augenbraue. »Einen Virus. Das klingt nicht nach Charity.«

Olaf senkte die Stimme. »Ich habe einen Virus geschrieben und ihn auf Tobias' Smartphone gespielt.«

Gottfried schien tatsächlich verdutzt. Ein Zustand, in dem ihn Olaf äußerst selten erlebt hatte.

»Und was ist nun das Projekt daran?«, fragte er schließlich.

»Du weißt, wer Tobias' Arbeitgeber ist?«

»Arbeitet dein Sohn nicht bei der Polizei?«

»Richtig. Bei der Kriminalpolizei.«

»Du hast ihm tatsächlich einen Virus auf sein Polizeihandy ...?«

Olaf nickte. Er beugte sich über den Tisch und flüsterte: »Ich habe Zugriff auf Tobias' Diensthandy und kann sehen, woran er arbeitet.«

Wieder hob sich eine Augenbraue in Gottfrieds Gesicht. »Das kann dich in die größten Schwierigkeiten bringen.«

3

Olaf strich mit dem Löffel Eigelb weg. Dann steckte er die leere Schale des Eis, das er gerade verspeist hatte, mit der Öffnung voran in den Eierbecher. Nach ein paar Korrekturen platzierte er die perfekte Illusion eines leckeren Frühstückseis neben Tobias' Teller.

Es war lange her, dass seine Kinder auf diesen Trick hereingefallen waren. Einige Jahre lang galt es in der Familie als Wochenendsport, anderen sein ausgelöffeltes Ei neben den Teller zu stellen. Sogar Olaf hatte mehrmals zur großen Freude der Kinder eine leere Schale statt eines Frühstückseis in der Hand gehalten. Irgendwann hatte sich der Streich aber abgenutzt, oder die Kinder waren einfach zu groß für diese Art Späße geworden.

Höchste Zeit, ihn nochmal an Tobias auszuprobieren. Nach Abitur, abgebrochenem Studium und Polizeiausbildung rechnete er gewiss nicht damit, dass sein Vater ihm ein leeres Ei servieren würde.

»Guten Morgen, Papa.«

Tobias machte es sich am Küchentisch bequem und goss sich Kaffee ein.

»Ich habe Eier gekocht«, sagte Olaf so beiläufig wie möglich. Tobias begann, ein Brötchen aufzuschneiden. Würde er gleich das vermeintliche Ei in die Hand nehmen?

»Ich fange mit Marmelade an.«

Er ließ sich von Olaf das Glas reichen. Das Ei musste warten.

»Wie läuft's in der Arbeit?« Diese Frage stellte Olaf jeden Samstag, dem Tag, an dem sie gewöhnlich gemeinsam frühstückten. Eine erhellende Antwort darauf bekam er allerdings nie.

»Wir haben einen neuen Fall.«

Das wusste Olaf bereits. »Ich nehme an, es ist ein Mordfall?«

»Natürlich ein Mordfall.« Tobias klang genervt. »Das ist meistens so bei der Mordkommission.«

»Und wer ist ermordet worden?«

»Papa, du weißt, dass ich keine Details über meine Fälle preisgeben darf.«

Immer diese Geheimniskrämerei. »Du könntest mir wenigstens das sagen, was sowieso in der Zeitung nachzulesen ist.«

»Meinetwegen.« Tobias biss ein Stück von seinem Brötchen ab. »An der Nidda ist ein Student tot aufgefunden worden«, sagte er mit vollem Mund.

Dass der Mord an der Nidda geschehen war, hatte Olaf nicht gewusst. »Ermordet?«

»Natürlich wurde er ermordet. Sonst wäre der Fall nicht auf meinem Schreibtisch gelandet.«

Auf deinem Smartphone ist er auch gelandet. »Und nun sucht ihr den Mörder.«

Tobias verdrehte die Augen, als wäre sein Vater vergreist und debil geworden.

»Ja, ich weiß«, beeilte sich Olaf zu sagen, »ihr seid die Mordkommission, und die hat die Aufgabe, Mörder zu suchen.« Er schenkte sich Kaffee nach. »Was ist dein Part bei den Ermittlungen?«

Tobias biss ein extra großes Stück von seinem Brötchen ab, gewiss um Zeit zu schinden. Bevor er eine Antwort gab, würde er vielleicht das vermeintliche Ei einer kriminalistischen Inspektion unterziehen. Leider tat er es nicht.

»Das Übliche halt.« Die erwartete Floskel. »Jedenfalls muss ich heute wegen des Falls zum Dienst.«

Wie auf Stichwort begann Tobias' Handy die Melodie für dienstliche Anrufe zu spielen.

»Ja.«

Olaf hörte ihn meistens nichts anderes als »Ja« sagen, wenn er mit seinem Chef telefonierte.

»Okay. Mache ich.«

Das sagte er immer, wenn sein Chef ihm erlaubte aufzulegen.

Gleich darauf wählte er eine Nummer. Olaf schmierte scheinbar gleichmütig Streichkäse auf sein Brötchen, hörte aber gespannt zu.

»Hallo Thorsten?« Ein Stutzen. »Äh. Ich möchte Thorsten sprechen.« Er blickte irritiert auf das Smartphone, schien aber durch das, was er dort sah, versichert, nichts falsch gemacht zu haben. »Naomi? Chantal?« Wieder nahm er das Handy vom Ohr und starrte auf das Display. »Die kenne ich beide nicht. Ich muss dringend Thorsten sprechen. Thorsten Friedrich.« Wieder ein ungläubiger Blick auf sein Handy. »Was soll das heißen, hier gibt es nur Damen?«

Aha, das Eroscenter. Olaf unterdrückte ein Grinsen.

»So etwas ist mir gestern schon passiert«, sagte Tobias unglücklich, als er das Handy auf den Tisch legte. »Und das am Tatort! Ich sollte einen Kollegen von der Spurensicherung anrufen, und dann meldete sich ständig so ein komischer Laden.«

Er führte nicht aus, welche Art Laden er meinte, und schielte nach dem vermeintlichen Frühstücksei.

»Holger denkt nun, sogar dafür wäre ich zu dämlich.«

Er nahm den Eierlöffel in die Hand. Gleich würde er die leere Schale zertrümmern.

»Diese blöden Handys.«

Er stand vom Esstisch auf.

»Mir ist der Appetit vergangen.«

*

Olaf wartete, bis Tobias das Haus verlassen hatte. Für das Abschalten der Funktion, mit der das Adressbuch manipuliert wurde, benötigte er wenige Mausklicks. Tobias hatte auch ohne ein durchgedrehtes Smartphone genug Probleme mit seinen Kollegen. Jedenfalls war das aus dem herauszuhören, was er über seine Arbeit erzählte – und aus dem, was er *nicht* erzählte.

Dass er auch unbedingt zur Polizei gehen musste! Olaf wusste, dass der Beruf seinem Sohn nicht lag, und hatte ihm davon abgeraten. Vielleicht war das der Grund für Tobias gewesen, alles daranzusetzen, Polizist zu werden? Das Soziologiestudium hatte optimal zu ihm gepasst. Schade.

Olaf sichtete, was der Virus auf den Server geladen hatte. Die Telefonmitschnitte löschte er, ohne sie sich anzuhören. Zu intim. Dann öffnete er das Konfigurationsprogramm für den Virus und nahm sich die Einstellungen vor. Der Virus war so konfiguriert, dass er buchstäblich alles, was auf Tobias' Handy geschah, an den Server schickte. Das hatte Olaf keineswegs beabsichtigt. Er wollte seinem Sohn einen Streich spielen. Durch die unverhofften Informationen zu dem Mordfall war seine Lust geweckt worden, mit Gottfried zusammen zu ermitteln, aber auf keinen Fall wollte er seinen Sohn observieren. Er schaltete die Option zum Mitschneiden von Telefonaten aus, zusätzlich die zum Übertragen der mit der Kamera aufgenommen Fotos und Videos sowie einige weitere sensible Funktionen.

Danach las er erneut in den Dokumenten, die der Virus geschickt hatte. Die Informationen zu dem Mord an Benjamin Hoffmann, dem getöteten Studenten, waren unvollständig. Kurz bedauerte er, die Telefonmitschnitte gelöscht zu haben. Sie hätten vielleicht weiteren Aufschluss gegeben.

Schließlich wählte er Gottfrieds Nummer.

»Ich habe neue Informationen. Wollen wir uns um sieben im ›Krummen Hund‹ treffen?«

Olaf hörte am anderen Ende der Leitung einen Seufzer. »Na gut, Miss Marple.«

»Miss Marple?”

Aber Gottfried hatte schon aufgelegt.

4

Gottfried sah genauso krank aus wie bei ihrer letzten Begegnung. Als er in das Restaurant hereinkam, starrten ihn einige Leute an, als wäre er der Leibhaftige. Er bestellte bei Karin ein Rippchen mit Kraut.

»Wie war's beim Arzt?« Olaf war wirklich besorgt.

»Ich musste den Termin absagen.« Gottfrieds Stimme klang ungewöhnlich hoch. Er hüstelte mehrmals, als hätte er einen Frosch im Hals.

»Du solltest unbedingt zum Arzt gehen. Das ist vielleicht eine gefährliche Krankheit.«

»Wir mussten kurzfristig eine Videokonferenz ansetzen, und wegen der neun Stunden Zeitunterschied zur Westküste konnten wir das auf keine andere Tageszeit legen.«

»Kein Mensch nimmt ohne Grund so viel ab. Bitte geh zum Arzt.«

»Ich bin doch bereits in Behandlung.«

Olaf betrachtete seinen langjährigen Freund erstaunt. »Willst du mir nicht endlich sagen, was mit dir los ist?«

Wo eben noch Gottfrieds ausgemergeltes Gesicht war, tauchte ein Teller auf. Karin platzierte das Rippchen mit Kraut auf dem Tisch. Gottfried löffelte Senf aus dem blauen Steinguttöpfchen auf den Tellerrand und nahm einen Schluck Apfelwein. Dann sah er Olaf an, als fiele ihm gerade ein, dass er mit ihm am Tisch saß.

»Ich habe Krebs.«

Es fühlte sich an wie ein Schlag in die Magengrube. Das also war der Grund dafür, dass Gottfried so viel Gewicht verloren hatte. Wenn die Auswirkungen der Krankheit derart sichtbar waren, konnte sie nicht mehr im Anfangsstadium sein.

»Das tut mir wirklich leid, Gottfried.«

Abgesehen davon, dass er wie ein dürres Skelett aussah, machte Gottfried alles andere als einen bemitleidenswerten Eindruck. Er atmete geräuschvoll aus, als er nach einem weiteren Schluck Apfelwein das Glas neben den Teller stellte. Dann säbelte er an dem Rippchen herum.

»Ich habe mir natürlich Sorgen um dich gemacht, aber dass es gleich Krebs ist ...« Olafs Sauergespritzter schmeckte ihm nicht mehr. In seinem Bauch schien sich ein schwerer Kloß zu bilden.

»Mir hätte es besser gefallen, der Grund für den Gewichtsverlust wäre ein Bandwurm«, sagte er nach einer Weile und kam sich sofort dämlich vor.

»Da hättest du gar nicht so falsch gelegen. Ich habe nämlich Darmkrebs.« Gottfried schnitt den Speck von seinem Rippchen ab und schob ihn an den Tellerrand. »Ist ungesund, sagt mein Arzt.«

Olaf stierte einen Moment auf die rosige Schwarte auf Gottfrieds Teller.

»Und jetzt?«

»Die Ärzte haben einen Plan, und den werden wir verfolgen.«

»Musst du Chemotherapie machen?«

»Ich fange nächste Woche Freitag damit an.«

»Wie sind deine Heilungschancen?«

»Die Ärzte meinen, so etwa fifty-fifty«, sagte Gottfried mit vollem Mund.

Also überlebte nur jeder Zweite diese Krankheit. Wenn man sich Gottfried ansah, sein bleiches Gesicht und seine zitternden Hände, bekam man Zweifel, dass gerade er dieser Zweite sein würde. Seine Freude über ein Stück gepökeltes Schweinefleisch, der Genuss, mit dem er sauer eingelegtes Kraut aß, ließ allerdings die Hoffnung aufkeimen, dass Gottfried nach der verordneten Therapie wieder ganz der Alte wäre.

Sie redeten noch eine Weile über den Krebs und darüber, wie Gottfrieds Familie die Nachricht aufgenommen hatte. Dann war das Rippchen aufgegessen, und Gottfried bestellte einen weiteren Apfelwein. »Jetzt zu deinem Kriminalfall, Miss Marple.« Das Totenkopfgrinsen hatte Fleischreste zwischen den Zähnen.

»Wenn du mich Miss Marple nennst, bist du Mister Stringer.«

»Miss Marple war zwar eine alte Schachtel, aber sie hatte profunde kriminalistische Expertise.«

Olaf warf einen kurzen Blick auf sein Smartphone, wo er die Notizen zum Fall gespeichert hatte. »Es geht um den Studenten Benjamin Hoffmann. Er wurde an der Nidda bei Praunheim ermordet aufgefunden. Todesursache: Kopfverletzungen, verursacht durch Schläge mit einem stumpfen Gegenstand.«

»Wurde er ausgeraubt?«

»Scheinbar nicht.«

»Scheinbar? Das müsste man doch wissen.«

»Der Virus hat mir hierzu nichts geschickt.«

Gottfried machte bei dem Wort ›Virus‹ ein Gesicht, das man durchaus als unfreundlich bezeichnen konnte.

»Welches Fach hat er studiert?«

»Er promovierte in Physik.« Olaf fragte sich, ob das wichtig für den Fall sein könnte. »Benjamin Hoffmann hatte zwanzigtausend Euro Schulden.«

Gottfried pfiff durch die Zähne.

»Die Polizei nimmt an, dass der Mord mit diesen Schulden zusammenhängt.«

»Das ist nicht nur für einen Studenten ein kleines Vermögen. Wie kam es dazu?«

»Pokerspielen im Internet.«

»Pokerspielen! Weiß man, auf welcher Website?«

»Dazu schweigt sich der Virus aus«, sagte Olaf.

»Hast du noch weitere Informationen?«

Olaf begann, auf dem Smartphone zu tippen.

»Ich zeige dir ein Bild des Toten«, sagte er mit verschwörerischer Miene. Er reichte das Handy zu Gottfried herüber. »Es ist ein Polizeifoto vom Tatort.«

»So etwas kannst du dir mit dem Virus verschaffen!«

Olaf vermochte nicht zu entscheiden, ob Gottfrieds Tonfall Empörung oder Bewunderung ausdrückte. Er sah sich rasch in der Kneipe um, bemerkte, dass Günther seinen Blick suchte, und prostete ihm aus der Ferne zu. *Der soll jetzt bitte nicht an unseren Tisch kommen.*

»Ich habe drei Fotos vom Tatort«, sagte er mit gedämpfter Stimme. »Die sind nicht für den ›Krummen Hund‹ bestimmt. Ich schicke sie dir über den Messenger zu.«

Sie lehnten sich zurück und gaben sich Mühe, so zu wirken, als ob sie bloß Urlaubsbilder angesehen hätten.

»Dein Virus ist ein wahrhaftiges Spionage-Tool.«

Diesmal glaubte Olaf, ein klitzekleines bisschen Anerkennung aus Gottfrieds Stimme herauszuhören.

»Hast du noch mehr?«

»Die Polizei hat mit der Freundin des Opfers gesprochen, ebenfalls Studentin. Sie hat ausgesagt, Benjamin Hoffmann hätte sich von einem Mann bedroht gefühlt.«

»Der Schuldeneintreiber«, unterbrach ihn Gottfried.

»Richtig. Laut Beschreibung ein Typ zum Fürchten: riesig, muskulös, kahl rasierter Schädel.«

»Das klingt nach illegalem Inkassounternehmen.«

»Die Polizei konzentriert die Ermittlungen auf das Milieu der Schuldeneintreiber.«

»Haben Schuldeneintreiber ihr eigenes Milieu?«, fragte Gottfried spöttisch. »Die Polizei glaubt also, ein Schuldeneintreiber hätte den Jungen umgebracht, weil der seine Schulden nicht bezahlt hat.« Er machte eine Kunstpause. »Dann wäre das kein kluger Inkassomitarbeiter, denn Tote können bekanntlich keine Schulden zurückzahlen.«

Da hatte Gottfried natürlich recht.

»Vielleicht war es Mord im Affekt?«

»Wie soll man sich das vorstellen? Student und Verbrecher treffen sich abends an der Nidda, Student hat kein Geld, dann erschlägt der andere ihn aus Wut mit einem Knüppel?«

»Das klingt alles andere als wahrscheinlich«, pflichtete ihm Olaf bei. »Ein Schuldeneintreiber würde versuchen, dem säumigen Zahler Angst einzujagen: ihm vielleicht die Reifen aufschlitzen, beide Arme brechen, in die Kniescheiben schießen ...«

Gottfried verzog das Gesicht. »Auf jeden Fall nicht töten.«

»Die Polizei ist völlig auf dem Holzweg«, fasste Olaf zusammen. »Sie wird diesen Fall nicht lösen.« Er hob seinen Sauergespritzten mit einer Feierlichkeit, die man selten im ›Krummen Hund‹ zu sehen bekam. »*Wir* müssen den Fall lösen.«

»Ich weiß zwar nicht, wie wir das anstellen sollen, aber ich bin dabei.«

Sie stießen mit den Gläsern an.

5

Als Olaf nach Hause kam, fand er in der Küche einen leeren Pizzakarton vor. Wahrscheinlich lag sein Sohn nach einem anstrengenden Einsatz im Bett und schlief.

Olaf fühlte sich müde, aber nicht schläfrig. Er fuhr den Laptop hoch. Bisher hatte er die Fotos vom Tatort nur auf dem Smartphone betrachtet. Trotz der vielen Informationen, die ihm der Virus geschickt hatte, kannte er keine Details über den Fundort der Leiche, nichts über sichergestellte Spuren, nichts über gewonnene Erkenntnisse. Vielleicht würde er auf den Fotos etwas entdecken, das ihn weiterbrächte.

Immer wieder betrachtete er die drei Bilddateien, auf denen das Opfer aus verschiedenen Perspektiven zu sehen war. Der Tote lag bäuchlings über einen geteerten Weg ausgestreckt, dem Spazier- und Radweg an der Nidda, wie Olaf bereits wusste. Unter dem Kopf war eine rote Lache zu erkennen. Ob dies eine normale Pfütze und das Blut aus der Kopfwunde in sie hineingelaufen war oder ob sie gänzlich aus dem Blut des Opfers bestand, vermochte Olaf nicht zu entscheiden.

Die Leiche lag quer über dem Weg, die Beine zur Hälfte im Gestrüpp der Böschung, die zum Fluss hinabführte. Olaf kannte den Niddaweg sehr gut. Er führte vom Stadtteil Höchst quer durch Frankfurt bis weit hinein in die Wetterau und den Vogelsberg. Bei schönem Wetter wimmelte es dort von Menschen. Dann fuhren Kolonnen von Fahrrädern Slalom um Jogger und Spaziergänger. Oft genug kam es zum Streit, wenn Radfahrer rücksichtslos an Fußgängern vorbeirasten.

Ob der Mörder den Niddaweg ebenso gut kannte? Gewiss wurde der Student nicht wegen rücksichtslosen Radfahrens hingerichtet. Trotzdem schien es so, als wäre der Tote als Abschreckung gegen Raser über die Piste drapiert worden. Natürlich war das Blödsinn. Allerdings lag der Tote wie eine heruntergelassene Schranke über dem Weg.

Wieso versteckte der Mörder die Leiche nicht im Gebüsch? Dort, wo er den Toten zurückgelassen hatte, musste der erstbeste Passant buchstäblich über ihn stolpern. Beabsichtigte der Mörder, das Opfer möge schnell entdeckt werden? War es ihm egal? Oder war er nach dem Mord kopflos davongelaufen, ohne die Position der Leiche zu verändern?

Vom Virus wusste Olaf, dass der Todeszeitpunkt zwischen dreiundzwanzig und vierundzwanzig Uhr lag. Um diese Zeit war es an der Nidda stockdunkel und menschenleer. Wieso war Benjamin an diesem Ort gewesen? Die Polizei ging davon aus, dass er sich dort mit seinem späteren Mörder verabredet hatte. Aber wieso sollte er sich an dieser finsteren Stelle darauf eingelassen haben?

Wie war Benjamin überhaupt an den Tatort gekommen? Zu Fuß oder mit dem Rad? Auf den Bildern war kein Fahrrad zu sehen, und der Virus hatte Olaf keine Informationen hierüber geschickt.

Olaf erkundete die Fotos weiter. Wann immer er glaubte, etwas Außergewöhnliches erkannt zu haben, zoomte er in die betreffende Stelle hinein, konnte aber nichts entdecken, was ihm weitergeholfen hätte. Nach einer Weile verstärkte sich das Gefühl, er übersehe etwas Wesentliches.

Nur was?

Der Kopf des Toten lag auf der rechten Seite zwischen den weit nach vorne ausgestreckten Armen. An der Unterlippe konnte Olaf ein Piercing ausmachen, wie es heute viele junge Leute trugen. Die Kopfwunde war nicht zu sehen, stattdessen blutverschmierte Haare und die rote Pfütze. Das Opfer trug ein T-Shirt, Jeans und Turnschuhe. Das

T-Shirt war weit nach oben verrutscht, sodass man die untere Partie des Rückens sehen konnte.

Olaf nahm die Lesebrille ab und rieb sich die Augen. Er stellte sich ans Fenster. Für einen Moment musste er auf etwas anderes als den Bildschirm schauen. Gerade erlosch das Licht in einem der Fenster gegenüber. Die Nacht war ein bisschen dunkler geworden. An der Nidda würde man kaum die sprichwörtliche Hand vor den Augen sehen. Läge dort auf dem Weg eine Leiche, könnte ein Radfahrer sie übersehen und darüber stürzen. Auf welche Weise und von wem war der Tote überhaupt entdeckt worden? Es gab so vieles, was Olaf über den Fall nicht wusste.

Er kehrte zum Schreibtisch zurück. Was würde er tun, wenn ihn jemand mit einem Knüppel angriff? Er würde versuchen, sich zu verteidigen, flüchten, vielleicht sogar zum Gegenangriff übergehen. Der Tote auf den Fotos machte den Eindruck, als wäre er einfach wie ein gefällter Baum umgekippt. Es waren keine Anzeichen eines Kampfes erkennbar, keine Schrammen oder zerrissene Kleidung. Die Attacke musste überlegt und aus dem Hinterhalt erfolgt sein. Dann die ausgestreckten Arme und Beine, das hochgerutschte T-Shirt.

Das war es: Der Mörder hatte versucht, Benjamin wegzuschaffen. Beim Versuch, den Körper an den Füßen über den Weg in Richtung Fluss zu ziehen, war das T-Shirt verrutscht. Vermutlich hatte der Student noch gelebt. Vielleicht wollte ihn der Mörder die Böschung hinunter an die Nidda schleifen und dort seinen Kopf unter Wasser drücken, um ihn zu ertränken. Anschließend hätte er die Leiche in den Fluss gestoßen. Nach einer Obduktion wäre die Polizei zu dem Schluss gekommen, dass die Kopfverletzung vermutlich von einem Sturz in den Fluss herrührte, Benjamin ohnmächtig geworden und ertrunken wäre.

Der Täter wollte den Mord wie einen Unfall aussehen lassen. Er hatte es aber nicht fertiggebracht, sein Opfer hinunter an den Fluss zu schaffen.

Irgendetwas musste ihn dabei gestört haben.

6

Olaf erwachte mit einem Stechen im Kopf. Wie immer, wenn er sich am Abend in ein Thema verbissen hatte, war die Nacht ein Ankämpfen gegen Gedankenkarusselle gewesen.

Was er in der Küche zu Gesicht bekam, war allerdings auch nicht viel besser.

»Mein Gott! Wer hat dich so zugerichtet?«

Tobias saß mit hängendem Kopf vor einer Schale Müsli. Was unter normalen Umständen ein neckischer Dreitagebart gewesen wäre, gab ihm das Aussehen eines Obdachlosen. Vermutlich lag es an dem Kontrast zu dem kapitalen Veilchen unter dem rechten Auge.

»Es geht schon wieder.« Wie immer wollte Tobias sich nicht helfen lassen oder gar mitleidige Kommentare von seinem Vater hören. Er löffelte stur Müsli in den Mund.

»War das ein Arbeitsunfall?«, versuchte Olaf behutsam. Er durfte seinen Sohn nicht bedrängen.

Tobias schnaubte gereizt. »Ich würde eher sagen, ein Zuhälter hat mir eine in die Fresse gehauen!«

Olaf setzte sich zu ihm an den Tisch. »So wie das Auge aussieht, hat der aber verdammt hart zugeschlagen.«

Tobias nickte bedächtig, machte aber keine Anstalten, etwas zu erzählen. Er trug noch seinen Schlafanzug, weshalb man hätte glauben können, er wäre krank und nur kurz für Kamillentee und Zwieback aufgestanden.

Olaf seufzte. »Sieht dein Chef auch so übel aus?«

Tobias' Schultern schienen einige Zentimeter nach vorne zu rutschen. »Holger hat mich ja dort hineingeschickt.«

»Zu dem Zuhälter?«

Zum ersten Mal, seit Olaf in die Küche gekommen war, blickte Tobias ihn an.

»Er hat mich in diesen Puff im Bahnhofsviertel geschickt, um Erkundigungen einzuholen.«

Olaf verstand. Der Kollege hatte Tobias alleine in die Halbwelt des Rotlichtviertels geschickt. Wie konnte man bloß einen jungen Kerl ohne Unterstützung zu so gefährlichen Leuten beordern? Vermutlich eine Schikane, um Tobias schmerzhaft klar zu machen, dass er bei der Kriminalpolizei nichts verloren hätte. Wäre sein Sohn unter achtzehn, hätte Olaf sich diesen Holger vorgeknöpft und für riesigen Wirbel gesorgt. Aber Tobias war schon lange kein Kind mehr und die Polizei keine Schule. Er musste sich alleine im Job behaupten. Was ihm fehlte, war ein Erfolgserlebnis. Dann würden die Kollegen ihn akzeptierten, und er könnte beginnen, seinen eigenen Fähigkeiten zu vertrauen. Und genau in diesem Punkt würde ihm sein Papa ein wenig unter die Arme greifen. Olaf, Gottfried und der Virus: Sie würden diesen Mordfall aufklären, Beweise zur Überführung des Mörders sammeln und Tobias diskret zukommen lassen. Tobias wäre der Polizist mit den entscheidenden Informationen, der Mann, der den Mörder überführt. Er ganz alleine. Seine Kollegen würden vor Neid platzen und ihn endlich als einen kompetenten Kriminalbeamten anerkennen.

*

Tobias war kaum aus der Haustür getreten, als Olaf Gottfrieds Telefonnummer wählte.

»Hast du dir die Bilder vom Tatort angesehen?«

»Man könnte glauben, jemand hätte den Toten absichtlich auf den Weg gelegt.«

Olaf würde sich daran gewöhnen müssen, dass Gottfrieds Stimme einige Töne höher klang als früher. Er fasste kurz zusammen, was er aus den Fotos herausgelesen und welche Schlüsse er daraus gezogen hatte.

»Das klingt plausibel«, sagte Gottfried. »Und es sieht keineswegs nach der Tat eines kriminellen Schuldeneintreibers aus.«

»Womit wir einen weiteren Anhaltspunkt dafür haben, dass die Polizei mit ihrer Inkassotheorie falsch liegt«, schloss Olaf.

»Ich denke, wir haben es mit jemandem zu tun, der noch nie zuvor gemordet hat.«

»Der aber über genügend kriminelle Energie verfügt, dem Jungen eine Falle zu stellen und ihm sehr gezielt mit dem Knüppel eins über den Schädel zu geben.«

»Ich muss jetzt auflegen«, sagte Gottfried unvermittelt. »Mein Flieger geht um zwölf Uhr, und ich habe noch nicht gepackt.«

Die Dienstreise nach San Francisco. Olaf hatte gar nicht mehr daran gedacht. Dass Gottfried in diesem Zustand tatsächlich eine so weite Reise unternehmen würde! Aber Gottfried wäre nicht Gottfried, wenn er wegen einer Krebserkrankung zu Hause im Bett bliebe. Gewiss hatte er bereits eine Tour durch die örtlichen Gourmetrestaurants mit diesem Phil geplant, den er meist auf seinen Reisen traf.

»Bleibt es dabei, dass wir den Fall gemeinsam lösen, Mister Stringer?«

»Absolut, Miss Marple!« Die Antwort kam prompt und überzeugend. »Ich rufe dich an, wenn ich am Gate bin.«

7

Die Schlange an der Sicherheitskontrolle war nicht lang. Gottfried würde danach Zeit für ein Gläschen in der Lounge haben. Er grinste, als er an Olaf dachte. *So ein verrückter Hund.* Olaf war der einzige Vater auf Erden, der seinem Sohn einen Virus aufs Handy spielte – und das als ehemaliger IT-Security-Experte eines internationalen Konzerns! Er sollte in der Lage sein, sämtliche Gesetze zu zitieren, gegen die er damit verstieß, auch wenn es das Handy seines Sohnes war. Oder gerade deshalb. Gottfried würde niemals einen solchen Vertrauensbruch begehen.

Er fädelte den Gürtel aus den Schlaufen. Gleich war er bei der Sicherheitskontrolle an der Reihe.

Was Olaf tat, war schlimm genug. Die Tatsache, dass es das Handy eines Polizisten war, das er ausspionierte, machte die Angelegenheit besonders delikat. Welche Konsequenzen hätte er zu erwarten, wenn er damit aufflog?

Die Ankunft am Band der Sicherheitskontrolle beendete Gottfrieds Betrachtungen. Was nun folgte, war das strenge Ritual, mit dem die Luftfahrt sicherer gemacht werden sollte: der Security-Check. Gottfried legte alles, was nach Metall aussah, in eine Plastikwanne auf das Band. Dann ging es weiter mit der Zeremonie: das Handgepäck aufs Band heben und den Reißverschluss öffnen, um den Laptop herauszuholen. Meist war er damit fertig, bevor der Security-Mitarbeiter »Haben Sie einen Laptop dabei?« sagen konnte. Er hatte den Reißverschluss noch nicht offen, als ein »*Do you have a laptop?*« zu vernehmen war. Der sächsische Tonfall war unüberhörbar. *Angelsächsisch* sozusagen.

Kürzlich war es Journalisten gelungen, Waffen durch die Checks zu schleusen, was für einige Aufregung in der Presse gesorgt hatte. Damit war nachgewiesen, dass Schlaue so etwas vollbringen konnten. Die Sicherheitskontrolle erwischte also nur dumme Terroristen.

Gottfried legte den verschließbaren Plastikbeutel mit seiner Zahncreme und dem Rasierwasser aufs Band. Als Nächstes musste er sich dem Körperscanner zur Inspektion präsentieren, die Arme demütig gen Himmel recken, bis die Plexiglastür sich öffnen würde, um ihn in die diesseitige Welt zu entlassen. Heute strengte es ihn besonders an, die Arme oben zu halten. Einer der Sicherheitsleute gab ihm Anweisungen, sich nicht ständig zu bewegen, zuerst auf Deutsch, dann auf holprigem Englisch. Die Arme zitterten und fühlten sich tonnenschwer an. Schließlich öffnete sich die Tür, und Gottfried wurde zu einem der Sicherheitsmitarbeiter zitiert, der ihn mit ungnädiger Miene einer weiteren Kontrolle unterzog. Abtasten von vorne, Abtasten von hinten, Schuhe ausziehen, warten, bis die Schuhe durch den Scanner gelaufen waren.

Es war nicht schönzureden: Der Krebs hatte es geschafft, sich in Gottfrieds Alltag einzuschleichen. Immer öfter fühlte er sich schlapp und geschwächt. Viele Tätigkeiten, denen er bislang kaum Aufmerksamkeit geschenkt hatte, musste er langsamer angehen als noch wenige Wochen zuvor. Die Chemotherapie sollte es nun richten. Nächste Woche würde er damit beginnen. Wenn es mit der Therapie nicht gelänge, den Krebs aus seinem Körper zu vertreiben, müsste er es akzeptieren. Martina und den beiden Jungs würde es an nichts fehlen: Er hatte mit Aktienpaketen und einer Lebensversicherung vorgesorgt.

Schließlich bekam er seine Schuhe zurück. Offenbar hatte man in ihnen keine auffälligen Substanzen gefunden. Zeit für die nächste und hoffentlich letzte Phase der Sicherheitskontrolle. Er stellte sich ans Ende des Bandes, um auf seine Sachen zu warten, die im Scanner auf Sprengstoff, Drogen und unerlaubt große Flaschen Mundwasser untersucht wurden.

Er erschrak, als die Security-Leute alarmiert herumfuhren. Mehrere uniformierte Männer fixierten gebannt die Plastikwanne, die aus dem Scanner herausrollte.

»*He's crazy like a fool.*« Sein Handy. »*My my Daddy Cool!*« Die Anspannung löste sich in Gelächter auf, als allen klar wurde, woher die unerwarteten Laute kamen. Der Refrain des Hits aus den 70ern wurde einige Male wiederholt, bis ein grinsender Security-Mitarbeiter Gottfried die Wanne aushändigte. Als er das Telefon in der Hand hielt, war es allerdings bereits verstummt.

Der Anrufer war Phil Bromley. In Texas, wo Gottfrieds Freund wohnte, war es aber Nacht und durchaus keine Uhrzeit, zu der er einen Anruf von ihm erwartet hätte. Als er in der Lounge ankam, wählte Gottfried Phils Nummer.

»*I thought you were in Austin.*« Er erfuhr, dass Phil sich gerade in Paris befand. Sein amerikanischer Freund wollte ihn an das heutige Abendessen mit der Geschäftsführung erinnern. Sie würden in ein Restaurant in Little Italy gehen. Ferner hätten die Juristen Bedenken wegen gewisser Formulierungen. Sie müssten also einige Runden mehr drehen als vorgesehen, um den Vertrag in einen unterschriftsreifen Zustand zu bekommen. Die Tour ins Napa Valley würden sie deshalb aber nicht verschieben.

Als er das Telefonat beendete, blickte Gottfried auf einen der Monitore mit den Fluginformationen: Das Boarding für seinen Flieger begann. Er beschloss, sich noch zehn weitere Minuten in der Lounge zu gönnen. Zeit genug, um ein klein wenig Detektiv zu spielen. Zwar begeisterte es ihn keineswegs, wie Olaf an die Informationen zu dem Fall kam, andererseits war es reizvoll, an der Überführung eines Mörders mitzuwirken.

Olaf meldete sich nach dem ersten Tuten.

»Der Virus hat neue Informationen geschickt: Die Polizei verhört noch immer Leute aus dem Inkassomilieu.«

»Ich kann nur staunen, wie einfältig die Polizei ist.« Gottfried trank von seiner Cola.

»Vielleicht ist an der Inkassotheorie doch etwas dran.«

»Du hast selbst gesagt, der Student wurde aus dem Hinterhalt niedergeschlagen. Ein Inkassomensch ginge niemals auf diese Weise vor.«

»Es wäre möglich, dass der Polizei Informationen vorliegen, die uns fehlen und in Richtung Kredithai weisen.«

»Was sollte das sein? Vielleicht lag neben der Leiche die Visitenkarte des Mörders? Eine solche Karte kann schnell verloren gehen, wenn man jemandem auf den Kopf schlägt.«

Gottfried hörte Olaf durch das Telefon leise lachen. »Wir haben keinen Polizeibericht über den Tatort. Vielleicht gibt es eine maßgebliche Information, die uns fehlt.«

»Wieso hat dir dein brillanter Virus dieses Dokument nicht geschickt?«

»Er kann nichts anderes übertragen, als das, was auf Tobias' Handy ist. Vermutlich hat Tobias sich den Bericht nicht vom Server geladen.«

Gottfried dachte einen Moment über das Gesagte nach. »Es ist seltsam, dass er die Tatortfotos auf sein Handy kopiert hat. Was soll er mit solchen Bildern auf einem Telefon anfangen?«

»Keine Ahnung. Du nimmst dir doch auch manchmal Arbeit mit nach Hause.«

»Du bist der Meinung, er wollte sich die Tatortfotos in aller Ruhe zu Gemüte führen? Vielleicht, um auf ihnen etwas Bahnbrechendes zu finden?«

»So könnte ich mir das erklären.« Olaf klang nicht wirklich überzeugt. »Tobias hat einige Probleme in der Arbeit. Er wird von den Kollegen nicht akzeptiert. Vielleicht will er vor ihnen mit einer überraschenden Entdeckung brillieren.«

Gottfried wusste nichts darauf zu entgegnen. Er blickte auf seine Armbanduhr. Ein paar Minuten blieben ihm noch. »Wir sollten mit den Leuten sprechen, die das Opfer kannten: Verwandte, Nachbarn, Mitstudenten, den Professor, bei dem er promovierte.«

»Die Polizei hat bereits mit einigen gesprochen.« Gottfried hörte das Klicken einer Computermaus. »Und zwar mit den Eltern, der Freundin und den Mitbewohnern. Das Opfer wohnte in einer WG.«

»Hast du die Gesprächsprotokolle?«

»Ja. Mit den Eltern hat die Polizei nur telefonieren können. Sie leben in Südamerika, sind verständlicherweise über den Tod ihres Sohnes schockiert, können aber zur Aufklärung nichts beitragen.«

»Was ist mit der Freundin?«

»Die berichtete von einem Mann, der Benjamin bedrohte – unserem ominösen Inkassomann. Alle anderen Aussagen geben in keiner Weise Aufschluss über die Hintergründe des Mordes.«

»Erfahren wir durch die Protokolle wenigstens etwas über den Toten? Wie war er bei anderen angesehen? Womit hat er seine Zeit verbracht?«

»Dazu konnte ich nichts herauslesen. Ich werde mir die Dokumente aber nochmal vornehmen.« Olaf machte eine kurze Pause. »Wir müssen selbst mit den Leuten reden.«

»Wie ich sage: Wir lassen die Polizei weiter in ihrem Inkassomilieu herumfuhrwerken und legen die Angelegenheit in kompetentere Hände, nämlich in unsere.«

Olafs Lachen war so laut, dass es ein unangenehmes Ziehen im Trommelfell verursachte.

»Ich statte noch heute der WG des Toten einen Besuch ab und gebe mich dabei als sein Onkel aus.«

»Sehr gute Idee. Versuche, so viel wie möglich über das Leben von Benjamin Hoffmann herauszufinden: Namen von Freunden, Hobbys, Laster, woran er in der Uni arbeitete.«

»Ich werde dich auf dem Laufenden halten.«

»Denke aber an die neun Stunden Zeitunterschied zwischen San Francisco und Bornheim.«

»Sei unbesorgt. Ich kenne das von früher. Ich werde dich nicht aus dem Schlaf klingeln.«

Als Gottfried auflegte, ertönte eine Durchsage für seinen Flug: Alle Passagiere sollten unverzüglich ans Gate kommen. Er trank sein Glas aus. Beim Herausgehen verabschiedete er sich von Judith, der Dame, die heute, wie an den meisten Sonntagen, am Empfang Dienst hatte. Sie war höflich genug, ihn nicht wegen seines Aussehens anzustarren.

»Wozu Tatortfotos auf einem Handy?«, ging ihm durch den Kopf, als er sich auf den Weg zum Gate machte.

8

Dass er im Telefonbuch keinen Benjamin Hoffmann in der Kaufunger Straße finden würde, dachte sich Olaf schon. Heute besaß praktisch jeder ein Handy. Für eine WG gab es deshalb keinen Grund für einen Festnetzanschluss und damit auch keinen Eintrag im Telefonbuch. Es würde nicht einfach, eine Telefonnummer ausfindig zu machen.

Er versuchte verschiedene Abfragen über Google, stellte aber schnell fest, dass keine Informationen zu Benjamin Hoffmann in der Kaufunger Straße existierten. Dann forschte er nach dem Facebook-Profil des Studenten, um so vielleicht zu den Mitbewohnern geführt zu werden. Es dauerte einige Minuten, bis er aus einer Liste von Nutzern mit Namen Benjamin Hoffmann den richtigen gefunden hatte. Das Profilbild zeigte den Studenten mit einem Basecap auf dem Kopf an einem Strand posierend, ein typisches Urlaubsfoto. Die Freundesliste enthielt über fünfhundert Einträge, die konnte Olaf unmöglich alle ansehen. Vielleicht würde er über Benjamin Hoffmanns Chronik herausfinden, wer in seiner WG wohnte. Ein unangenehmes Gefühl breitete sich in ihm aus, als er die Fotos betrachtete: Benjamin Hoffmann in lustiger Runde mit Freunden, beim Radfahren irgendwo im Grünen, Benjamin Hoffmann lachend zusammen mit einer jungen Frau, vielleicht seiner Freundin – vor Lebenslust sprühende Bilder eines jungen Kerls, den man irgendwann erschlagen an der Nidda auffinden würde.

Olaf blätterte weiter. Es gab Cartoons von Witzseiten, versehen mit lustigen Kommentaren, auch geteilte Artikel zu Raumfahrtthemen mit Bildern von Mars und Jupiter und solche eines Science-Fiction-Autors. Der Student hatte auch Artikel verschiedener Nachrichten-Portale geteilt.

Offenbar hatte er politisch links gestanden und eine kritische Einstellung gegenüber der Globalisierung. War das für einen Doktoranden der Physik typisch?

Die Chronik wartete mit tiefen Einblicken in Benjamins Leben auf, Hinweise zu Mitbewohnern des Studenten bot sie trotzdem nicht. Nachdem Olaf noch einige Abfragen in Twitter ausprobiert hatte, sah er ein, dass er über das Internet keine Telefonnummer der WG in Erfahrung bringen konnte. In dieser hochdigitalisierten Welt, in der jeder mit jedem vernetzt war, würde er also das tun, was man vor Erfindung des Telefons getan hatte: Er musste zu dem Haus gehen und klingeln, ohne zuvor einen Termin ausgemacht zu haben. Er kannte die Kaufunger Straße im Stadtteil Bockenheim. Uwe, ein Freund aus seiner Studentenzeit, wohnte dort in der Nähe. Sie hatten sich mehrere Jahre nicht gesehen. Falls in der WG niemand zu Hause wäre, könnte er versuchen, sich mit ihm zu verabreden.

*

Olaf befand sich wenige U-Bahnstationen vor der Leipziger Straße, als das mittlerweile vertraute Weihnachtsgebimmel ertönte. Der Virus meldete sich mit einer neuen Nachricht. Aber warum genau diese? Und warum ausgerechnet jetzt? Irritiert blickte er aus dem Fenster, starrte auf sein mattes Spiegelbild vor der schemenhaft vorbeiziehenden Tunnelwand. Gerade noch hatte er erfolglos das Internet nach Namen und Telefonnummern von Benjamin Hoffmanns Mitbewohnern durchsucht, und nun schickte der Virus ihm genau diese Daten. Konnte das Zufall sein? Spionierte der Virus *ihn* aus? Olaf hatte ihn doch selbst programmiert. Er wusste, was diese Software konnte und was nicht. Genauso wie er wusste, welche Fehler sich eingeschlichen hatten. Aus irgendeinem Grund gingen immer wieder Einstellungen verloren. Wie oft hatte er das Mitschneiden von Telefonaten abgestellt? Der Virus nahm dennoch jedes Gespräch auf und schickte es an den Server. Und es gab weitere Ungereimtheiten. Der Virus sollte in jeder Nachricht die Datenquelle benennen, von der die betreffende Information stammte. Das klappte in den meisten Fällen sehr gut. Allerdings gab es neben Einträgen wie »SMS«, »E-Mail« und »Eigene Dateien« auch Fälle, in denen der Wert »*Unknown*« als Quelle stand. Olaf hatte keine Erklärung dafür. Er würde sich heute Abend den Quellcode nochmal genauer ansehen. Vielleicht rührte das Problem tatsächlich von einem Programmierfehler her.

Für den Moment war er glücklich über die Handynummern.

*

»Ich bin ein Onkel von Benjamin«, stellte sich Olaf dem jungen Kerl vor, der ihm die Tür öffnete. Sie gaben sich zur Begrüßung die Hand. Ümüt Öztürk hatte einen Namen mit rekordverdächtiger Umlautdichte, sprach aber einen astreinen hessischen Akzent.

»Ich kann mich nicht erinnern, dass Ben was von 'nem Onkel aus Darmstadt erzählt hätt'.«

»Vor vielen Jahren war ich so etwas wie sein Lieblingsonkel«, rundete Olaf seine erfundene Geschichte ab, »aber dann bin ich ins Ausland gegangen und habe den Kontakt verloren.« Er bemühte sich um ein verdrießliches Gesicht. »Nun ist es leider zu spät, sich um Benjamin zu kümmern.«

Ümüt wendete den Blick ab und räusperte sich verlegen, als berührte ihn die plötzliche Gefühlsäußerung des alten Onkels peinlich.

»Waren Sie gut mit ihm befreundet?«

»Wir haben oft zusammen Playstation gezockt.« Ümüt war sichtlich erleichtert darüber, dass der alte Mann weitere Fragen stellte, statt in Schluchzen auszubrechen. Er führte

Olaf durch eine der Türen, die von dem langgestreckten Flur abgingen. »Das ist Bens Zimmer.«

Neben der Spielkonsole mit allerlei Gewirr aus Kabeln und Controllern fiel Olaf als Erstes das riesige Doppelbett ins Auge. Auf dem Regal neben dem Kopfteil lag eine Packung Kondome, daneben eine Flasche Massageöl. Offenbar wurde das breite Bett nicht vorwiegend zum Schlafen genutzt.

»Hatte Benjamin eine feste Freundin?«

Ümüt zögerte einen Moment. »Tabea.«

»Kann ich vielleicht ihre Telefonnummer bekommen?«

»Die habe ich nicht, nur das Facebook-Profil, aber damit können Sie wohl nichts anfangen«, sagte Ümüt mit einem verstohlenen Seitenblick auf den uralten Mann aus der Zeit des Wählscheibentelefons.

»Können Sie Tabea meine Telefonnummer über dieses Face-Dingsda schicken?«, spielte Olaf die Komödie weiter, »und sie bitten, mich anzurufen?« Er diktierte Ümüt seine Nummer, der sie direkt in sein Handy eingab. Danach sah er sich unter dem Vorwand, »Erinnerungsstücke zu suchen«, genauer in dem Zimmer um. Er hörte Ümüt in einem anderen Teil der Wohnung sich mehrmals räuspern, während er Schubladen aufzog, Schranktüren öffnete und Regalfächer inspizierte. Olaf war unklar, wonach er suchen sollte. Als er zum dritten Mal die Schublade mit den Socken herauszog, begann er an seinen detektivischen Fähigkeiten zu zweifeln. Was tat er hier überhaupt? Er wollte einen Mordfall aufklären, aber wie sollte er am besten vorgehen? Das Zimmer bot nichts, was in irgendeiner Weise ungewöhnlich gewesen wäre.

Erneut besah er sich das Regal mit den Büchern: Physikbücher – unschwer zu erahnen, was Benjamin studiert hatte – Fantasyromane, Krimis, Harry Potter.

»Hier hab' ich noch Bens Tasche.« Olaf erschrak. Ümüt stand in der Tür und hielt ihm einen Rucksack entgegen.

»Sie lag in der Küche. Wahrscheinlich hat die Polizei sie deshalb nicht mitgenommen.« Er legte den Rucksack auf das Bett. »Das hätt' die bestimmt interessiert, da ist nämlich sein Laptop drin.«

Es kostete Olaf Mühe, nicht gierig über den Computer herzufallen. Er bedankte sich so beiläufig wie möglich. Erst als Ümüt das Zimmer verließ, wagte er, den Laptop auf den Schreibtisch zu stellen. Kurz lauschte er in die Wohnung hinein. Aus der Richtung, in der er zuvor Ümüts Räuspern vernommen hatte, hörte er das Klappern einer Tastatur.

Wenn nicht jetzt, wann dann?

Es fühlte sich an wie schwarz U-Bahn zu fahren, als Olaf auf den Knopf drückte. Mit einem kaum merklichen Vibrieren begann der Laptop seine Tätigkeit aufzunehmen. Auf dem Monitor wurden die üblichen Meldungen angezeigt, bis er mit einem Anmeldebildschirm zur Ruhe kam. Olaf hielt vor Aufregung den Atem an, als er den präparierten Stick in den USB-Port steckte. Er vergewisserte sich kurz, dass die Festplatten-LED aufgeregt blinkte, bevor er mit einer Tastenkombination den Bildschirm ausschaltete. Er schätzte, dass die Installation des Programms etwa fünfzehn Minuten dauern würde.

Hoffentlich kommt Ümüt jetzt nicht zur Tür herein.

Was sollte er eine Viertelstunde lang tun? Weil ihm nichts Besseres einfiel, ging er auf alle viere, um unter das Bett zu schauen. Eine mit Staubflocken umrandete Verlängerungsschnur schlängelte sich von einer Steckdose zu dem Stecker des Nachttischlämpchens. Ein Päckchen Taschentücher, das wahrscheinlich vor Monaten heruntergefallen und nun von dicken Staubschlieren bedeckt war. Mehr Erkenntnisse, als dass hier ein rigoroser Hausputz vonnöten wäre, waren aus diesen Beobachtungen nicht herauszuholen.

Olaf lauschte auf die unscheinbaren Geräusche der Festplatte. Sie arbeitete für ihn.

»Haben Sie gefunden, wonach Sie suchen?«

Verdammt! Ümüt war zurück. Er trat gerade durch die angelehnte Tür, als Olaf sich mit einem Ruck auf die Füße schwang. Durch das plötzliche Aufstehen wurde ihm für einen Augenblick schwarz vor Augen.

»Ist Ihnen nicht gut?« Ümüt war rührend besorgt um den alten Knacker, der sich schwankend auf das Bett niederließ.

Olaf machte eine abwehrende Handbewegung. »Es geht schon wieder.«

»Ich hole Ihnen ein Glas Wasser«, beschloss Ümüt, der wohl annahm, dass er es hier mit einem Fall von Altersstarrsinn zu tun hatte. Olaf folgte ihm in die Küche, weg von dem Laptop mit dem verräterisch blinkenden Lämpchen. Er ließ sich schwerfällig auf einen Stuhl sinken, als würde er nie wieder aufstehen wollen.

9

Zu Hause machte Olaf es sich mit einer Tasse Kaffee vor dem Laptop bequem. Er sichtete die Daten, die sein kleines Hackerprogramm übertragen hatte. Wie es schien, war ein Großteil der Festplatte von Benjamins Laptop auf den Server kopiert worden. Nun konnte Olaf auf eine Vielzahl von Dateien und gespeicherten Passwörtern zugreifen. Zudem besaß er Fragmente gelöschter Dateien, die nach dem Löschvorgang auf der Festplatte verblieben waren. Mit den richtigen Tools und etwas Glück könnte er einige der Daten wiederherstellen.

Was so ein kleiner USB-Stick in einem WLAN alles anstellen kann!

Das Programm hatte mehr als zwei Stunden lang Daten übertragen, bevor es abbrach, vermutlich weil der Akku des Laptops leer war. Manchmal war sogar ihm die ›Giftküche‹, wie er seine Sammlung von Spionage-Werkzeugen gerne nannte, unheimlich.

Als Nächstes nahm er sich den Virus vor. Wenn der ständig Einstellungen veränderte, musste ein Fehler zu finden sein. Akribisch arbeitete er sich durch den Quellcode und testete einige Szenarien auf dem Laptop durch. Es war aber nicht die geringste Ungereimtheit zu finden. Als ihm die Augen brannten, gab er auf. Er würde später weitermachen. Nun musste er sich um das Abendessen kümmern.

Wenn er früher gekocht hatte, dann immer für vier Personen. Der Tisch war mit vier Tellern gedeckt worden, mit vier Gläsern und Besteck für Vier. Meist war Carola für die Mahlzeiten der Familie zuständig gewesen, aber Olaf hatte es verstanden, sich durch seine sonntäglichen Kochkünste bei den Kindern einen Ruf als Gourmetkoch zu erarbeiten. Hähnchen mit Kartoffelknödeln, Kartoffelpuffer mit Apfelbrei, Rindergulasch mit Spätzle – die Lieblingsgerichte der Kinder, Olaf hatte sie alle drauf.

Dass heute nur noch für Zwei gekocht würde, hatte Olaf vorausgesehen. Er hatte allerdings nicht erwartet, dass es sich bei diesen Personen um ihn und seinen Sohn handeln könnte. Warum machte er sich überhaupt die Mühe, Kartoffeln zu schälen? Tobias war sowieso nicht zum Essen da und würde sich am Abend eine tiefgefrorene Pizza in den Ofen schieben. Nach der zweiten Kartoffel legte Olaf das Messer zur Seite. Er könnte zu dem Gulasch genauso gut eine Scheibe Brot essen.

Während das Fleisch auf dem Herd köchelte, nahm er sich die Zeitung vor. Auch nicht mehr wie früher. Er sollte das Abo kündigen. Bevor er sich zum Essen an den Tisch setzte, schaltete er das Radio ein. Mehrmals wechselte er den Sender, schaltete es wieder aus, als Werbung kam. Er breitete die Zeitung neben dem Teller aus, las kauend den Lokalteil. Es war dieselbe Zeitung, in dem von dem Unfall berichtet worden war. Knapp zwei Jahre war das nun her. Bis dahin hatte er über Geisterfahrer nur gelesen und sich manchmal gefragt, wie idiotisch man sein musste, um auf der Autobahn in der falschen Richtung zu fahren. Carola war auf dem Weg zurück von einer Freundin gewesen. Die A3 hatte man für vier Stunden gesperrt, um die Spuren des Unfalls zu beseitigen, die Leichen in Särge zu verstauen und abzutransportieren.

Er stellte das Geschirr in die Spülmaschine. Sie roch nach Mülleimer. Es gelang ihm nicht, die Plastikverpackung des Spültab auseinanderzureißen. Er ritzte mit dem Kartoffelmesser daran herum und pulte schließlich den pulvrigen Brocken heraus. Geschirr klirrte, als er die Klappe der Spülmaschine zuknallte.

Danach schaltete er den Fernseher ein. Er zappte sich durch die Kanäle, fand nur Unsinn. Dann schaltete er den Fernseher wieder aus.

Er nahm die Jacke von der Garderobe.

Er musste unter Leute gehen.

10

Gottfried schwenkte das Weinglas und prüfte mit einem tiefen Atemzug das Bouquet seines Pinot noir.

»*Cheers!*« Es ertönte ein angenehmer Gong, als er mit Phil anstieß. Er prostete den anderen am Tisch zu, bevor er den ersten Schluck nahm.

»*A good recommendation*«, sagte er zu Phil gewandt. Tatsächlich eine gute Empfehlung. Nicht nur der Wein, auch das Restaurant in Little Italy war gut gewählt, die Atmosphäre ruhig und gediegen. Dezente klassische Musik, aufmerksame Kellner, hervorragendes Essen.

Das argentinische Steak hatte er allerdings nur zur Hälfte aufgegessen. Auch von den gebratenen Garnelen, der Vorspeise, musste er einige übriglassen. Schon seit Wochen passte einfach nicht mehr so viel in ihn hinein.

Er wusste, dass er die Planung für die nächsten Tage über den Haufen werfen konnte. Diese amerikanischen Juristen mit ihren Spitzfindigkeiten! Gut dass dieser Ron die fehlerhafte Klausel im Vertragsentwurf entdeckt hatte. Auf jeden Fall würden sie gewiss noch bis Mittwoch, vielleicht sogar Donnerstag in diesem *Meeting Room* verbringen, um die Themen zu klären und den Vertrag für beide Geschäftsführer in einen unterschriftsreifen Zustand zu versetzen.

Er hatte im Meeting gesessen, als Olafs Nachricht zu ihrer Mordermittlung gekommen war. Was der alles herausgefunden hatte! Neben der Adresse der Freundin auch Name und Adresse des Doktorvaters, eines gewissen Professor Falkenstein. Wenn Olaf so weitermachte, würde er zwar den Fall aufklären, aber wegen Computerkriminalität im Knast enden.

»Falkenstein?« Mit Phils amerikanischem Akzent klang das wie ›Frankenstein‹.

»*Sounds familiar.*«

Gottfried wusste um Phils hervorragende Kontakte zu Universitäten. Gewiss konnte er Informationen zu dem Professor besorgen, die ihn bei seinen Recherchen voranbrächten. Er schob den Teller mit Crème brulée auf Phils Platz. »*My dessert for information on Falkenstein.*«

Phil lachte, spielte mit, obwohl er genau wusste, dass Gottfried nichts mehr in seinen ausgemergelten Leib hineinlöffeln konnte. »Professor für Physik?« Er überlegte kurz. »Leon Chang wird ihn kennen.«

Gottfried nickte. Bestimmt kannte Phil einen Professor in Princeton, Berkeley oder Harvard, der ihm Auskunft über Falkenstein geben könnte. Dabei sah man es dem alten Texaner nicht an, dass er sich in derart gelehrten Kreisen zu Hause fühlte. Stets trug er seinen *Bolotie*, eine Cowboy-Krawatte aus geflochtenen Schnürsenkeln. In Kombination mit seinem grauen Bart erinnerte Phil eher an den Hähnchen bratenden Südstaaten-Colonel aus der KFC-Werbung, als an den promovierten Ökonomen, der er in Wirklichkeit war.

»Ich möchte noch etwas von dir wissen.« Gottfried lehnte sich nach vorne. Es sollte nicht jeder hören, was er nun sagte. »Es geht um politische Einstellungen von Doktoranden.«

Phil verzog dramatisch das Gesicht: »*No politics!*«

Selbstverständlich wollte er mit Phil keine politische Diskussion führen. Kurz nachdem sie sich kennengelernt hatten, wussten sie, ihre Freundschaft würde nur dann halten, wenn sie nie, aber auch wirklich nie, über Politik redeten. Ob Waffengesetze oder pöbelnde Präsidenten – Phil schien ausschließlich solchen Ansichten anzuhängen, die Gottfried bei jedem anderen auf die Palme bringen würden. Blendete er diese Seite von Phils Persönlichkeit aus, war der ein prima Kerl und zudem bereits seit Jahren ein guter Freund.

»Mich interessiert deine Einschätzung: Stehen Doktoranden der Physik politisch eher links?«

Phil sah ihn verblüfft an. »Es gibt solche und solche«, sagte er, bevor er in ein sonores Lachen ausbrach.

11

Olaf war entschieden zu alt für so etwas: vier Apfelwein im ›Krummen Hund‹ und dann auch noch ein Rockkonzert. Er hatte das gebraucht und sich von Günther gerne überreden lassen. Gut, dass Aspirin im Haus war. Nach zwei Tassen Kaffee fühlte er sich bereit für die nächste Etappe seiner Mission.

Er nahm sich die Daten vor, die das Spionageprogramm von Benjamins Laptop übertragen hatte. Als Erstes versuchte er, sich ein Bild von dem Dateisystem zu machen, manövrierte durch Verzeichnisse und öffnete einige der Dokumente. In einem Ordner mit dem Namen ›Uni‹ fand er eine Unzahl Word- und PDF-Dokumente vor, die erwartungsgemäß Texte zu physikalischen Themen enthielten. Eines der Unterverzeichnisse trug den Namen ›Promotion‹. Hier entdeckte er eine Datei, die offenkundig Benjamins Doktorarbeit enthielt. Wie es schien, war die Arbeit sehr weit fortgeschritten, vielleicht bereits beendet. Vermutlich hatte Benjamin kurz vor dem Abschluss gestanden.

Als Nächstes sichtete Olaf die Passwörter, die das Spionageprogramm übertragen hatte: Benjamins Zugangsdaten für YouTube, sein Facebook-Profil, für einige Portale, von denen er erst herausfinden musste, was sie überhaupt waren, und zwei E-Mailkonten.

Es war unfassbar, dass der Polizei dieser Laptop entgangen war. Gewiss wäre es für Tobias ein riesiger Vorteil, wenn er auf diese Daten zugreifen könnte. Ob er eine anonyme Mail schreiben sollte mit einem Hinweis, in der WG wartete ein Laptop darauf, von seinem Sohn entdeckt und abgeholt zu werden? Aber wie sollte er das fertigbringen, ohne Tobias darauf zu stoßen, dass jemand in seinem Mordfall mitmischte? Er verwarf die Idee mit der Mail.

Ümüt könnte die Polizei auf den Laptop hinweisen. Der Junge machte nicht den Eindruck, als würde er selbst auf den Gedanken kommen. Olaf könnte ihn vielleicht dazu anhalten, dann allerdings erhielte Tobias die Daten nicht exklusiv, dabei war das ja der Sinn des Ganzen.

Olaf würde Tobias nicht informieren. Er schnappte sich Maus und Tastatur und rief die Seite der Goethe-Uni auf. Schnell hatte er sich mit dem erbeuteten Passwort in Benjamins E-Mailkonto der Universität eingeloggt. Wie erwartet drehte es sich in den Mails um physikalische Themen und Belange rund um die Uni. Olaf entdeckte vorwiegend Adressen der Goethe-Uni, aber auch viele von amerikanischen Universitäten. Offenbar hatte Benjamin beabsichtigt, eine Konferenz am MIT in Boston zu besuchen, die in knapp sechs Wochen beginnen sollte. In einer Mail von Professor Falkenstein, seinem Doktorvater, las er dessen Spezialgebiet: Festkörperphysik.

Er hatte bereits eine Menge über Benjamins Umfeld an der Uni ergründet, dabei war erst ein Bruchteil der Daten seines Spionageprogramms ausgewertet. Die Art und Weise, wie er an die Informationen geraten war, würde er Gottfried erst einmal verschweigen. Der versuchte ihm wegen des Handy-Virus ohnehin ständig ein schlechtes Gewissen zu machen.

Er nahm die Brille ab und rieb sich die Augen. Als Nächstes sollte er Kontakt mit Falkenstein aufnehmen. Als er den Namen des Professors in Google eingab, bekam er unzählige Treffer. Gereon Falkenstein erfreute sich einer regen Medienpräsenz und einer hervorragenden Reputation. Wenn er sich mit ihm träfe, würde er sich wieder als Benjamins Onkel ausgeben, in der WG hatte das hervorragend geklappt.

Er blickte auf die Uhr: kurz nach elf. War das eine gute Zeit, um mit einem Professor zu reden? Er beschloss, auf gut Glück in die Uni zu fahren.

*

Das Physikgebäude wirkte nüchtern, ganz anders als die Uni aus Olafs Studentenzeit, die eine gelehrsame Würde ausgestrahlt hatte. Das Gebäude auf dem neuen Campus Riedberg erschien mit seinen großen Fensterfronten modern und an der Vergangenheit desinteressiert.

Olaf lief, den Hinweisen eines jungen Kerls mit Hipsterbart folgend, durch holzgetäfelte Gänge, bis er vor einer Tür mit dem Namen des Professors zum Stehen kam. Nachdem er artig angeklopft hatte, stellte er fest, dass die Tür verschlossen war.

»Der ist in der Elektrodynamik-Vorlesung im großen Hörsaal«, erfuhr er von einem Jungen, der mit einem Smartphone vor dem Gesicht durch den Gang schlurfte. Wieder lief er durch das Gebäude, diesmal auf der Suche nach dem Hörsaal. Einem Hinweisschild folgend, erreichte er schließlich eine Tür, aus der die Stimme eines unverkennbar dozierenden Mannes drang.

Professor Falkenstein bei der Arbeit.

Er wusste nicht, wie lange es dauern könnte, bis der Professor aus der Tür treten würde. Statt sich die Füße in den Bauch zu stehen, könnte er ja schon einmal einen Blick aus der Ferne auf Falkenstein erhaschen. Er öffnete die Tür genau so weit, dass sein Kopf hindurchpasste, und spähte in den großen Saal hinein.

Der Mann, den er zu sehen bekam, hatte einen gepflegten Vollbart. Sigmund Freud kam ihm in den Sinn, aber der hätte gewiss kein Headset auf dem Kopf getragen. Er blickte in die andere Richtung: eine Landschaft aus emporsteigenden Sitzreihen, bevölkert von jungen Leuten. Einige schienen dem Dozenten begierig zuzuhören. Andere tuschelten miteinander oder sahen auf ihre Handys. Der monotone Redefluss des Professors über die ›Maxwellschen Gleichungen‹ kam abrupt zum Erliegen, als Olaf von einigen hundert Menschen angestarrt wurde. Schnell zog er den Kopf zurück und schloss die Tür. Das Lachen aus dem Hörsaal klang dankbar, als würde man sich über die unerwartete Ablenkung freuen. Schmunzelnd erinnerte er sich an einige Professoren seiner Studentenzeit. Tafeln und Kreide waren zwar Headsets und Flachbildschirmen gewichen, sonst schien an den Hochschulen aber alles beim Alten geblieben zu sein.

Es dauerte nicht lange, bis er den Lärm des allgemeinen Aufbruchs vernahm und kurz darauf die Tür aufgestoßen wurde. In der kunterbunten Menge, die nach draußen strömte, konnte er den Professor nicht ausmachen. Als er den Hörsaal betrat, sah er Falkenstein an derselben Stelle stehen wie zuvor, allerdings hatte der das Headset abgenommen. Der Professor unterhielt sich charmant lächelnd mit einer Reihe Studenten. Es waren Studentinnen, bemerkte Olaf, als er sich der Gruppe näherte. Himmelten sie Falkenstein etwa an, diesen Sigmund Freud der Physik? Es kostete ihn einige Mühe, die Aufmerksamkeit des Professors auf sich zu lenken.

»Entschuldigen Sie bitte ... Es geht um Benjamin Hoffmann ...«

Schließlich blickte Falkenstein ihn mit arroganter Miene an. »Haben Sie einen Termin?«

Die Studentinnen sahen das als das Ende der Unterredung an und strebten dem Ausgang zu. Olaf stand alleine mit dem Professor im Hörsaal.

»Ich bin ein Onkel von Benjamin Hoffmann.«

Falkenstein sah mit einer eleganten Geste auf seine Armbanduhr. »Ich muss zu einer Sitzung.«

»Es wird nicht lange dauern. Ich möchte Ihnen nur ein paar Fragen stellen.«

Der Professor sah an ihm vorbei. »Vereinbaren Sie einen Termin mit meiner Sekretärin.« Er schritt mit aristokratischer Gelassenheit zur Tür und verschwand.

So ein schnöseliger Fatzke!

12

Olaf hatte nicht erwartet, dass sein Sohn am Abend zu Hause wäre. Eine Verabredung mit Freunden war geplatzt, und nun saß Tobias im Wohnzimmer vor dem Fernseher. Olaf müsste also Kopfhörer zum Skypen aufsetzen und ins Mikrofon *murmeln*, damit Tobias nichts von seinen geheimen Recherchen erfahren würde.

Natürlich hatte er sich gefreut, als sein Sohn nach Carolas Tod zu ihnen gezogen war. Nur wenige Tage nach dem Unfall hatte Tobias seine Wohnung in Bockenheim gegen das alte Kinderzimmer eingetauscht, um dem Rest seiner Familie beizustehen. Marie mit damals achtzehn Jahren hatte der Tod ihrer Mutter schlimmer getroffen als Tobias. Eine schwierige Zeit, die sie alle irgendwie überstanden hatten. Nun war Marie im Ausland. Was nur ein Semester dauern sollte, hatte sich aufgrund eines schmucken jungen Kerls zu einem vollständigen Studiengang ausgeweitet. Seit einem Jahr lebte sie nun in Argentinien. Ihr um einiges älterer Bruder dagegen richtete sich in der elterlichen Wohnung ein. Dabei benahm er sich wie ein Nesthocker und schien doch zu glauben, er unterstützte damit seinen Vater. Heute Abend wünschte Olaf sich seinen Sohn weit weg, weiter als nach Argentinien, damit er ungestört mit Gottfried sprechen könnte.

»Wieso flüsterst du?«, waren prompt die ersten Worte, die er von Gottfried zu hören bekam.

»Tobias sitzt im Zimmer nebenan. Er könnte mitbekommen, was ich sage.«

»Ich bin gerade in Rons Büro, ein perfekter Ort, um ungestört zu reden. Ich könnte sonst erst wieder heute Abend skypen, das ist bei dir nachts.«

»Warte. Ich habe eine Idee.« Olaf benötigte etwas mehr als eine Minute, um den Lautsprecher auf die Kommode zu stellen, gegen die Tür auszurichten und mit einer Hardrock-Playlist von seinem Handy zu bestücken. Die Lautstärke wählte er so, dass Tobias sich beim Fernsehen nicht ungebührlich belästigt fühlen würde, aber ihn, Olaf, nicht hören konnte.

Er sah Gottfried lachen, als er wieder vor dem Bildschirm saß. »Olaf, du bist der perfekte Undercoveragent!«

»Du hättest meinen Auftritt in der WG sehen sollen. Die halten mich für einen alten Knacker, der sein eigenes Handy nicht bedienen kann.«

Wieder lachte Gottfried. »Danke für deine Nachricht mit den interessanten Neuigkeiten. Wir sollten uns als Nächstes an der Uni umsehen.«

»Ich war heute beim Professor.«

»Du bist fleißig, Olaf! Was hast du herausgefunden?«

»Dass er ein arroganter Fatzke ist und lieber Studentinnen als Studenten um sich herum hat.«

»Mehr hast du nicht erfahren?«

»Ich habe bei der Sekretärin einen Termin vereinbart: eine Privataudienz bei ›seiner Heiligkeit‹.«

»Phil kennt eine Menge Leute an Universitäten und wird ebenfalls Erkundigungen über Falkenstein einholen.«

»Sehr gut. Wir feuern aus allen Rohren! Du hast hoffentlich Phil nicht in unsere private Mordermittlung eingeweiht.«

»Selbstverständlich nicht. Hast du bereits mit der Freundin gesprochen, dieser Tabea?«

»Sie steht weit oben auf meiner Liste.«

»Wir müssen peu à peu das Leben unseres toten Studenten auseinandernehmen. Eigentlich würde ich das von der Polizei erwarten, aber die stolpern gewiss weiter in der Halbwelt herum. Wie steht es mit Verwandten?«

»Bisher weiß ich nur von den Eltern. Sie leben seit Jahren in Buenos Aires und scheinen kaum Kontakt zu ihrem Sohn gehabt zu haben.«

»In Argentinien! Dort lebt deine Tochter. Sie könnte etwas über die Eltern in Erfahrung bringen.«

Olaf lachte. »Das Mädchen werden wir nicht in die Sache hineinziehen. Außerdem lebt sie in Mendoza, das ist mehr als tausend Kilometer von Buenos Aires entfernt.«

»Mendoza. Eine exzellente Weingegend. Ich war dort auf einem Kongress. In Mendoza gibt es einen hervorragenden *Malbec*.«

»Wo auf der Welt hast du noch keinen Wein getrunken?«

»Napa Valley. Aber dorthin fahre ich übermorgen mit Phil.«

»In deiner Verfassung solltest du keinen Alkohol trinken!«

Gottfried grinste. »Ein bisschen geht schon. Ich beginne ja bald mit der Chemo.«

»Na hoffentlich!«

Gottfried schüttelte den Kopf, als würde ihn Olafs Bemerkung beim Nachdenken behindern. »Du hast geschrieben, Benjamin Hoffmann hätte auf Facebook linke Artikel geteilt.«

»Dabei ging es hauptsächlich um Kritik an der Globalisierung und an Banken.«

»Und du findest das für einen Physikstudenten ungewöhnlich?«

»Vielleicht. Was ist deine Meinung?«

»Es könnte eine Rolle spielen. Wir sollten in alle Richtungen ermitteln«.

Sie mussten das Gespräch beenden, als im fernen Kalifornien jemand an Gottfrieds Tür klopfte und ihn zu einem spontanen Meeting bat. Olaf schaltete die Rockmusik aus. Dann ging er ins Wohnzimmer, wo Tobias noch immer vor dem Fernseher saß.

»Tobias, kennst du eigentlich Physikstudenten?«

Sein Sohn sah ihn verblüfft an. »Als ich noch studierte, kannte ich einige.«

»Standen die politisch eher links?«

»Wieso willst du das wissen?« Tobias sah ihn an, als hätte sein Vater den Verstand verloren.

»Es geht um eine Wette mit Günther«, log Olaf.

Tobias dachte einen Moment nach. »Vielleicht waren einige links, aber eher nicht«, sagte er schließlich, bevor er wieder in den Fernseher blickte. »Hast du damit die Wette gewonnen?«

Olaf schmunzelte. »Vielleicht, aber eher nicht.«

13

Es war die pure Neugier, die Olaf nach Kronberg trieb. Das Haus des Professors thronte hochherrschaftlich am Waldrand. In dem Teil des Gartens, den er einsehen konnte, erblickte er hohe Bäume und einen akkurat gepflegten Rasen. Der Professor musste in Geld schwimmen!

Er machte die Fotos mit dem Handy so unauffällig wie möglich, um einen möglicherweise präsenten Sicherheitsservice nicht herauszufordern. Den Entschluss, auf den Klingelknopf zu drücken, fällte er spontan. Zähnefletschend grinste er in das runde Auge einer Kamera, bis sich eine weibliche Stimme meldete.

»Ich möchte bitte Professor Falkenstein sprechen«, sagte er in die Richtung der Kamera und bemühte sich so zu wirken, als ob er so etwas mehrmals pro Woche täte. Fast wunderte er sich, als die Verriegelung des schmiedeeisernen Tors mit einem edlen Summen nachgab. Er lief den gepflasterten Weg entlang aufwändig getrimmter Büsche in Richtung der Haustür. So musste sich Erik Ode gefühlt haben, der Fernsehkommissar seiner Jugend, wenn er bei der Münchner Hautevolee ermittelte. Er war irgendwie enttäuscht, als er die Frau in der geöffneten Tür erblickte. Anstelle einer ehrwürdigen Gräfin oder einer gestrengen Haushälterin war es eine junge Frau, die ihn mit fragendem Blick begrüßte.

»Der Professor ist nicht zu Hause. Worum handelt es sich denn?«

»Ich möchte ihm einige Fragen zu Benjamin Hoffmann stellen.«

»Zu dem ermordeten Studenten? Sind Sie von der Polizei?« So wie die Frau ihn musterte, konnte sie sich das nicht vorstellen.

»Ich bin von Benjamins Verwandten beauftragt, einige Dinge zu klären.«

»Also sind Sie ein Privatdetektiv.«

Er nickte vielsagend, als er ihr hübsches, jugendliches Gesicht betrachtete. »Und Sie sind ...?«

»Sara Falkenstein.« Olaf bekam eine weiche Hand zum Schütteln gereicht. »Gereons Frau.«

Fast hätte er durch die Zähne gepfiffen. Kurz überschlug er den wahrscheinlichen Altersunterschied zwischen Falkenstein und der Frau vor ihm und kam auf knapp dreißig Jahre. Frau Falkenstein wirkte keineswegs wie die typische Professorengattin, eher wie eine Studentin. Allerdings eine Studentin aus reichem Hause, wenn man auf die Designer-Jeans und das edle rote Top sah. Auch ihre Haare, eine gekonnte Installation aus schwarzen Locken, die ihr Gesicht umrahmten, waren kostbar gestylt.

»Was hat mein Mann mit der Sache zu tun?«

»Ich muss mir ein Bild von Benjamin Hoffmanns Leben verschaffen. Mit welchen Leuten verkehrte er? Woran arbeitete er? Der Professor könnte als sein Doktorvater wichtige Informationen bereithalten.«

»Wollen Sie nicht hereinkommen?«

Er betrat einen Flur mit den Ausmaßen seines Wohnzimmers in Bornheim.

»Vielleicht kann *ich* Ihnen ja mit Informationen weiterhelfen.« Sie lief den marmorgefliesten Flur voran, vorbei an antiken Kommoden und kunstvollen Skulpturen. Alles wirkte gediegen und nach dem Geschmack eines Professors mittleren Alters. Genauso wie die Professorengattin, die noch rasanter geschnitten war als die Venus von Milo.

»Wann wird der Professor zurückerwartet?«

Sie hatten mittlerweile das Wohnzimmer erreicht, eine Kostbarkeit aus weißen Möbeln und dunkelbraunem Parkett.

»Gereon hat heute Abend einen Termin in Heidelberg.« Mit einem einladenden Lächeln bot sie ihm an, sich auf das rote Ledersofa zu setzen. Sie selbst nahm ihm gegenüber auf einem Sessel mit geschnitzten Holzlehnen Platz, gewiss antik.

Er bedankte sich zunächst dafür, dass sie sich Zeit für ihn nahm. »Wie Sie wissen, wurde Benjamin Hoffmann ermordet.«

Das Lächeln auf ihrem Gesicht verschwand für einige Sekunden. »Das ist schrecklich. Alle am Institut stehen unter Schock.«

»Kennen Sie die Studenten Ihres Mannes gut?«

»Ich kenne sie von den Events des Instituts: Weihnachtsfeiern und dergleichen.«

Falkenstein schmückte sich gewiss gerne mit seiner hübschen Frau.

»Würden Sie Benjamin Hoffmann als einen guten Studenten bezeichnen?«

Frau Falkenstein wischte eine Locke aus dem Gesicht. »Gut im Sinne, dass er ein Streber gewesen wäre, der es seinem Prof immer recht machen wollte? Nein. So war er nicht. Ich würde Benjamin als einen selbstbewussten, lebenslustigen Mann einschätzen. Gerade bei Naturwissenschaftlern gibt es diese vergeistigten Studenten, die nichts anderes als ihre Wissenschaft im Sinn haben. So war Benjamin gewiss nicht.«

Plötzlich stand sie neben dem Sessel. »Ich habe Ihnen ja noch gar nichts angeboten.« Sie hatte den rechten Fuß ein wenig nach vorne gestellt, eine Pose, die er von Hostessen auf der CeBIT und ähnlichen Messen kannte. Es wirkte, als würde sie ihren Körper zur Musterung freigeben.

»Ich trinke einen *Vinho Verde*. Darf ich Ihnen auch ein Glas bringen?«

Er fand es noch zu früh für Alkohol. Sie pries den Wein aber mit so viel Lust an, dass er zustimmte. Wie ein Model lief sie mit rhythmischen Bewegungen auf eine Tür zu, die wohl zur Küche führte. Er verfolgte eine Weile ihren schaukelnden Po und kam zu der Erkenntnis, dass diese Professorengattin nicht bloß unglaublich jung war, sondern zudem eine Attacke auf sämtliche unedlen Sinne.

Kurz darauf kehrte sie mit einer Weinflasche und zwei Gläsern zurück.

»Gereon sprach nicht oft von Benjamin«, sagte sie, nachdem sie mit ihm angestoßen hatte, als ob sie etwas feiern würde. »Ich denke, er fand ihn nicht interessant genug, um sich mehr mit ihm zu beschäftigen als nötig.« Ein Träger ihres Tops rutschte ein Stück von ihrer Schulter, als sie das Weinglas abstellte. »Gereons Favorit heißt Pascal Wenger. Der Junge ist außerordentlich intelligent und versteht es, sich bei meinem Mann einzuschleimen.« Sie warf den Kopf zurück, als sie lachte. »Benjamin und Pascal waren so etwas wie Intimfeinde. Sie konnten einander nicht ausstehen.«

Ihr Top wirkte auf einmal, als hätte sie es eine Nummer zu groß gekauft, denn nun rutschte der andere Träger von seiner zugewiesenen Stelle. Als sie ihn mit einer nachlässigen Geste nach oben schob, wandte Olaf den Kopf ab wie ein Mann, der versehentlich die Tür zur Frauenumkleide geöffnet hat.

Versuchte dieses Luxusweib, ihn aus der Fassung zu bringen?

»Was war der Auslöser dieser Feindschaft?«

»Ich weiß es nicht.« Sie drehte eine Haarsträhne um ihren Zeigefinger. »Wahrscheinlich sind da einfach zwei unverträgliche Persönlichkeiten aufeinandergetroffen.« Sie nahm einen weiteren Schluck Wein. Als sie das Glas abstellte, konnte er nicht verhindern, dass er in ihren Ausschnitt sah. »Pascal wurde in kurzer Zeit so etwas wie Gereons rechte Hand.« Sie lehnte sich weit über den Tisch in seine Richtung. Er musste sich konzentrieren, in ihr ironisch verschwörerisches Gesicht zu blicken, statt auf ihr ...

»Deshalb nennen ihn die anderen den ›Miniprof‹.« Ihr Lachen war ansteckend.

Er trank von seinem Wein. Sehr edel. Sehr lecker. Gerade so wie die Professorengattin.

»Wäre dem ›Miniprof‹«, er musste schmunzeln, »ein Mord zuzutrauen?«

»Wer kann so etwas wirklich wissen?« Sie lächelte vielsagend. »Vielleicht Gereon, aber der kommt erst morgen Abend nach Hause.« Es klang wie eine Verheißung. »Wir könnten es uns ein bisschen gemütlich machen.«

»Gemütlich?« Er spürte die blanke Geilheit in sich aufsteigen, als Sara mit lasziven Bewegungen ein Tellerchen Oliven auf dem Couchtisch platzierte. Es war ihm egal, wo sie die plötzlich hergezaubert hatte. Sie wollte tatsächlich ihn! Verstohlen sah er an sich herunter, zog den Bauch ein. »Und der Professor?«

Sie grinste provozierend. »Der ist doch erst morgen zurück.«

Manchmal hatte man eben einen Glückstag.

14

Olaf schreckte aus einer wohligen Erschöpfung hoch. Das Weihnachtsbimmeln! Bereits dreimal!

»Ist das dein Handy?« Fast konnte er nicht glauben, die Professorengattin nackt neben sich zu sehen. Sie hatte sich im Bett aufgesetzt und blickte ihn amüsiert an. »Seltsamer Klingelton.«

Die Nachrichten des Virus kamen stetig und in so schneller Folge, dass Sara wohl glaubte, er würde angerufen. Wieder ein Bimmeln. Das Handy befand sich in der Jackentasche. Er stürzte zu dem Stuhl neben der Tür. Saras Blick hatte nun etwas Spöttisches. Weil er nackt war? Oder fragte sie sich, weshalb er wegen der Weihnachtsglöckchen so außer sich geriet? Wie sollte sie auch wissen, was die Benachrichtigungen bedeuteten? Der Virus jagte Nachrichten von Tobias' Handy durchs Internet. Und das in atemberaubendem Tempo.

Mit einem energischen Druck auf die Taste brachte er das Gerät zum Verstummen, bevor ein weiteres Bimmeln zu hören war.

»Ja?«, rief er mit dem Handy am Ohr, als würde er ein Telefongespräch entgegennehmen. Er musste sofort nach Hause fahren, um den Virus zu stoppen. »Verstanden. Ich komme sofort«, sagte er in das stumme Telefon.

»Etwas Wichtiges?« Sara so auf der Matratze ausgestreckt zu sehen, war ein atemberaubender Anblick, der ihn sofort zurück in ihr Bett gelockt hätte, wenn da nicht dieses massive Problem gewesen wäre. Der Virus war außer Kontrolle. Er bombardierte ihn mit Nachrichten, und es gab keine Erklärung, warum er das tat.

»Ein Kollege steckt in Schwierigkeiten und braucht meine Hilfe.« Er war nicht sicher, ob er den privaten Ermittler authentisch herüberbrachte. Eilig streifte er sich seine Kleider über, stürzte sich in seine Jacke.

»Besuchen Sie mich bald wieder, Herr Privatdetektiv«, schnurrte Sara.

Er blieb kurz in der Tür stehen. »Es tut mir leid.« Mit großen Schritten stürzte er dem Ausgang entgegen. Bevor er die massive Haustür öffnete, schüttelte er sich wie ein nasser Hund. Er musste Saras Anblick aus dem Kopf bekommen!

15

Olaf riss den Deckel des Laptops auf und drückte auf den Netzschalter.

»Verdammter Mist!« Wieso dauerte es so lange, das bescheuerte Windows zu laden? Man hatte ihn auf dem Alleenring geblitzt, als er wie ein Irrer nach Hause gerast war. Allerdings würden die Punkte in Flensburg das geringere Problem sein, wenn es ihm nicht gelänge, den Virus in den Griff zu bekommen.

Einloggen. Warten. Doppelklick. Warten. Wieso ging das alles so langsam?

Endlich war er im Konfigurationsprogramm. Tatsächlich. Es war kein Fehler der App auf Olafs Handy: Auch der Konfigurator auf dem Laptop zeigte es an. Der Virus hatte achtunddreißig Dokumente auf den Server geladen. Wie war das möglich? Woher kamen diese Dokumente?

Er nahm sich das Fenster mit den Einstellungen vor. Unendlich viele Einträge. Warum so viele? Das war einmal eine übersichtliche Anzahl Optionen gewesen. Was war passiert, dass es plötzlich diese Unzahl von Einstellmöglichkeiten gab?

Er zuckte zusammen, als wieder dieses Weihnachtsgebimmel ertönte: eine weitere Nachricht. Diesmal kam es fast gleichzeitig aus dem Lautsprecher des Laptops und des Handys, um Sekundenbruchteile zeitversetzt, dass es nachhallte wie in einer Kathedrale. Und gleich nochmal ein Bimmeln und noch eines. Der Virus hatte drei weitere Dokumente auf den Server geladen, weiß der Kuckuck von woher.

Wieder zuckte Olaf zusammen. Diesmal war es ein anderer Ton. Jemand wollte mit ihm skypen. Ausgerechnet jetzt.

Er musste den durchgedrehten Virus stoppen. Er hatte keine Zeit. Es war Gottfried.

»Hallo Olaf.«

Hinter seinem Totenschädel konnte man das Interieur eines Restaurants sehen. Weiße Tischdecken, Blumen, schlanke Kerzen. Herren im Anzug und Damen in eleganter Business-Kleidung.

Rasch berichtete Olaf über den Amoklauf des Virus.

»Ich habe dir gleich gesagt, dass das eine schlechte Idee war!«

Wenn er so aufgebracht war, konnte man sich vor Gottfrieds Totengesicht wahrhaftig fürchten.

»Ist dir überhaupt klar, was du angerichtet hast? Das kann Tobias nicht nur seinen Job kosten, er kann dafür sogar ins Gefängnis kommen.«

»Das ist jetzt wirklich nicht hilfreich.« Olaf verkleinerte das Fenster, in dem Gottfried zu sehen war, und schob es an den Bildschirmrand. Er klickte sich durch den Konfigurator, während er sprach. »Ich muss herausfinden, wie ich den Virus deaktiviert bekomme.«

»Heißt das, du weißt nicht, wie man das Ding abschaltet?« Gottfried sagte das so laut, dass sich einige der Krawattenträger hinter ihm umdrehten und neugierig in Olafs Arbeitszimmer zu blicken schienen.

Olaf antwortete nicht. Er klickte auf dem Bildschirm umher und versuchte, sich einen Reim auf das zu machen, was er in der Konfiguration sah.

»Du weißt es wirklich nicht.«

Gottfried stört. »Doch. Aber du musst mich jetzt in Ruhe arbeiten lassen.«

Olaf drückte das Fenster mit dem Totenschädel kurzerhand weg. Er musste sich konzentrieren, sich mit diesen Optionen auseinandersetzen. Es waren mehr als einhundert Einstellmöglichkeiten. Warum? Er hatte alles selbst programmiert. Der Virus sollte nichts anderes tun, als das, was

Olaf für ihn vorsah. Trotzdem gab es diese Einstellungen, trotzdem lud der Virus Dateien auf Olafs Server.

Es klingelte erneut. Dingeling. Weihnachtsglöckchen mit Hall. Der Virus hatte Dokument Nummer zweiundvierzig angeliefert. Wohin war die Option verschwunden, mit der man den Virus deaktivieren konnte? Und was bedeuteten die anderen Einstellungen? Welche geheime Intelligenz war hier am Werk?

Olaf schnaufte. Er hatte keine Ahnung, nicht die geringste, wie der Virus zu bändigen war. Er konnte nur *raten*, was passierte, wenn er eine bestimmte Option an- oder ausschalten würde. Er musste improvisieren. Entscheidungen treffen. Die Zeitbombe entschärfen, bevor sie hochging. Den roten Draht zerschneiden oder den gelben? Oder doch den blauen? So war das im Film, wenn der Held die Menschheit retten musste. Nur der eine Draht bedeutete Rettung. Wenn er einen der anderen durchtrennte, würde die Bombe explodieren. Olaf musste aus dem Bauch heraus entscheiden. Das war bei Software immer die falsche Wahl, aber er hatte keine andere. Intuitiv klickte er auf Optionen, entfernte bereits gesetzte Häkchen. Er atmete kurz durch, wollte Zeit schinden, die er nicht hatte, und klickte dann auf ›OK‹.

16

Dieser verrückte Kerl weiß tatsächlich nicht, wie er seinen eigenen Virus ausstellt!

Gottfried ließ sich von dem vornehmen Kellner einen *Zinfandel* eingießen. Wieso taten amerikanische Kellner immer so, als wären sie Franzosen, sobald sie in einem Restaurant mit Sternen arbeiteten?

Der gute Olaf würde sich eines nicht zu fernen Tages in den Knast bringen mit seinen verrückten Ideen. Und seinen Sohn gleich mit dazu. Es war Tobias' Handy, von dem aus diese sensiblen Daten abgezogen wurden. Wenn das herauskäme, würde man ihn verdächtigen, im Netzwerk der Polizei zu spionieren. Man müsste annehmen, er nutzte die Daten für kriminelle Machenschaften oder verkaufte sie. Wer wusste wirklich, was der Virus im Netzwerk der Polizei anstellte? Olaf jedenfalls nicht. Vielleicht schickte der Virus die Daten nicht nur an ihn allein. Es könnte noch weitere Adressaten geben: Kriminelle oder Geheimdienste mit ganz anderen Interessen, als der, diesen Mord aufzuklären. Auch war nicht auszuschließen, dass sich der Virus gegen Olaf selbst wenden könnte oder gegen Tobias. Bisher war Olaf aus seinen Abenteuern immer heil herausgekommen, aber nun hatte er den Bogen überspannt. Er musste schnellstmöglich sein Ungetüm in den Griff bekommen oder das Ding löschen.

Gottfried bemühte sich, Olaf für einen Moment aus seinem Kopf zu bekommen. Der *Managing Director*, Bob Gionfriddo, hielt gleich seine Rede, und danach würde von ihm eine geistreiche Erwiderung erwartet. Ein Löffel stieß an ein Weinglas. »*Ladies and Gentlemen …*« Es ging schon los. Er suchte Phils Blick, schmunzelte, als der unter dem Tisch, damit nur er es sehen konnte, das Victoryzeichen machte. Der Vertrag war so gut wie unterzeichnet. Die wenigen offenen Details würden sie morgen zu Ende verhandeln.

Bob stockte irritiert in seiner Rede, als Gottfrieds Handy ein deutlich vernehmbares Brummen von sich gab, ließ sich sogleich aber weiter über die traumhaften Synergieeffekte aus, die beiden Unternehmen durch den neuen Vertrag zu Gute kämen. Mit der schuldbewussten Geste, die der Situation angemessen war, drückte Gottfried den Anruf weg. »Dr. Scharschmidt«, las er auf dem Display. Der Termin für die Chemotherapie. Den hatte er doch wegen des verschobenen Ausflugs ins Napa Valley umplanen wollen.

Er steckte das Handy gerade noch rechtzeitig in die Jackettasche, um beide Hände zum Klatschen frei zu haben. Dann hüstelte er mit der hohen Stimme, die ihm noch immer fremd war, aber seit einigen Wochen zu ihm gehörte, und erhob sich von seinem Stuhl.

»*Ladies and Gentlemen. Dear Bob* …«

*

So ein irrer Tag. Als Olaf am Morgen aufgestanden war, hätte er nicht für möglich gehalten, was ihm heute alles passieren würde.

Das Highlight des Tages war natürlich Sara. Noch immer konnte er es fast nicht glauben. Dass ein alter Sack wie er im Bett einer so jungen, hübschen Frau gelandet war, wirkte wie ein Gottesgeschenk, als hätte ihm eine gute Fee einen seiner unedelsten Wünsche erfüllt.

Schade, dass der Abschied von ihr geradezu eine Flucht war. Selbst jetzt hatte er nicht die geringste Ahnung, wie der Virus so außer Kontrolle geraten konnte. Genauso wenig wusste er, ob er ihn wirklich gebändigt hatte. Immerhin wurden vom Virus nicht mehr unentwegt Nachrichten geschickt, aber konnte man sich darauf verlassen, dass das so bleiben würde? Es war beängstigend, keine Erklärung für das seltsame Verhalten des Virus zu haben. Es schien, als hätte er seinen eigenen Willen. Er schickte Telefonmitschnitte, obwohl er es nicht sollte. Dann die Dateien mit Herkunft »Unknown«, die ständig auf dem Server auftauchten. Woher stammten diese Dateien wirklich? Olaf selbst hatte das Ding doch programmiert. Dann sollte es auch nur das tun, was er erwartete.

Er sah auf den Monitor seines Laptops, vergewisserte sich, dass der Virus sich nicht mehr gerührt hatte. Die vielen neuen Dokumente auf dem Server würde er sich später ansehen. Für den Rest des Abends sehnte er sich nach Normalität.

Der unaufgeregteste Ort, den er sich vorstellen konnte, war der ›Krumme Hund‹. Dort angekommen, setzte er sich an seinen Lieblingstisch. Zu seinem Äppler bestellte er einen Tafelspitz von Karins Tageskarte. Es dauerte nicht lange, bis Günther neben ihm stand.

»Olaf, du siehst gestresst aus. Du solltest wieder anfangen zu rauchen.«

Olaf nahm einen Schluck Apfelwein. »Alkohol wäre auch eine Lösung.«

Günther setzte sich ihm gegenüber und stellte sein Glas auf dem Tisch ab. »Du machst dich in letzter Zeit ja ganz schön rar.«

»Wieso? Ich war doch erst vorgestern hier.«

»Seiner Stammkneipe beweist man jeden Tag die Treue.«

Genau das brauchte er jetzt nach dem ganzen Zinnober: eine ganz normale Unterhaltung im ›Krummen Hund‹. »Man hat halt zu tun.« Er stellte das Handy auf lautlos und verstaute es tief in der Jackentasche.

»Olaf, du brauchst Entschleunigung.« Sie stießen mit den Gläsern an.

Olaf bemerkte, dass Günther ihn nicht direkt ansah, sondern links an ihm vorbei.

»Was gibt es denn Interessantes da hinten?«, fragte er. »Ist Jürgen Grabowski zur Tür hereingekommen?«

»Viel besser.« Günther nickte anerkennend wie ein Sommelier, dem ein teurer Wein kredenzt wurde. Olaf drehte den Kopf in Richtung Tresen. Tatsächlich: Was er zu sehen bekam, war genau das Richtige für zwei alte Säcke wie Günther und ihn. Die Frau war schätzungsweise Ende zwanzig. Sie hatte die Arme auf die Theke gestützt, wodurch sie ihr Hinterteil auf eine Weise dem Gastraum entgegenstreckte, dass alle Männer klammheimlich in ihre Richtung sahen.

»Dafür sind wir leider schon zu alt«, stellte Günther fest.

Olaf wandte sich wieder ihm zu, statt die junge Frau weiter auffällig anzugaffen. Unwillkürlich verglich er sie mit Sara. Die Frau am Tresen war weit entfernt von ihrer Klasse. Wie würde Günther reagieren, wenn er hörte, dass Olaf mit Sara im Bett gewesen war? Es schlicht nicht glauben? Ihn beglückwünschen zu der außergewöhnlichen Leistung, in seinem Alter und mit diesem Bäuchlein eine Frau herumgekriegt zu haben, die sich einen reichen Professor geangelt hatte und jeden Mann in den Vorstandsetagen um den Finger wickeln konnte?

»Pass auf, dass du dich nicht bekleckerst!« Karin lachte bösartig, als sie Günther einen weiteren Apfelwein brachte.

Der drehte schuldbewusst den Kopf zur Seite. »Du verpasst das Beste«, sagte er zu Olaf.

»Nein. Tue ich nicht«, entgegnete der.

»Die erinnert mich an ...«, Günther schien nach einem Namen zu suchen, »weißt du, eine der Spielerfrauen bei der Eintracht.«

»Die Frau von Bernd Hölzenbein?«, kam Olaf zu Hilfe.

Günther blickte unwirsch, als würde er ihn beim Nachdenken stören. »Als ich die Akkreditierung als Fotograf hatte, spielte Hölzenbein nicht mehr.«

Günther war bei seinem Lieblingsthema angelangt: Eintracht Frankfurt. Anfang der 90er besaß er wohl eine Lizenz, die ihm erlaubte, im Waldstadion direkt hinter einem der Tore zu fotografieren. Gerne zeigte er Fotos herum, auf denen er mit Spielern wie Anthony Yeboah oder Uwe Bein posierte. Man durfte allerdings nicht alles glauben, was er darüber erzählte, insbesondere nicht die Geschichte über Stepanović, mit dem ihn angeblich noch heute eine enge Freundschaft verband. Als 1992 die sicher geglaubte Meisterschaft geplatzt war, hätte Günther zu ihm die tröstenden Worte »Kopf hoch, das Leben geht weiter« gesagt, was später zu Stepanovićs berühmten Ausspruch »Lebbe geht weiter« geführt haben sollte. Ob diese Geschichte einem Faktencheck standhielte, war für Olaf allerdings mehr als fraglich.

Plötzlich schien Günther kein Interesse mehr daran zu haben, an welche der Spielerfrauen ihn die Frau am Tresen erinnerte. Er nahm einen großen Schluck Apfelwein. »Und? Was machen wir heute Abend?«, sagte er unternehmungslustig.

17

Es war erst sechs Uhr, als Gottfried sich im Hotelrestaurant niederließ. Er entschied sich für das ›Caribbean Breakfast‹ von der Karte und einen extra großen Cappuccino. An den Tischen saßen nur wenige Frühaufsteher. Über die gedämpfte klassische Musik hinweg vernahm er Gesprächsfetzen in amerikanischem Englisch. Zu Hause war es drei Uhr Nachmittag, und genauso fühlte er sich auch. Früher hatte ihm der Jetlag nicht derartig zu schaffen gemacht.

Er war mit dem Frühstück lange fertig, als er Phil auf sich zukommen sah. Der Texaner winkte ihm aufgeregt zu.

»*I have news about Professor Falkenstein.*«

Wieder klang es wie »Frankenstein«. Das schien er mit Absicht zu machen. Phil nahm ihm gegenüber am Tisch Platz.

»Der Professor muss einen sehr guten Ruf genießen, denn er wurde bereits zweimal für den Nobelpreis vorgeschlagen.«

Gottfried nickte beeindruckt. Falkenstein war ein wahrer VIP.

»Sein Spezialgebiet ist Festkörperphysik.«

Sie wurden von dem Kellner unterbrochen, und Phil bestellte sein Frühstück.

»Falkenstein ist regelmäßig am MIT in Boston, und mein Buddy Leon ist ihm mehrmals begegnet.«

»Leon?«

»Professor Leon Chang, ich habe dir von ihm erzählt. Er hat den Lehrstuhl für Festkörperphysik inne.«

Phil war außerordentlich gut vernetzt.

»Falkenstein hat sich in seinem Spezialgebiet einen guten Ruf erarbeitet. Er ist ein anerkannter Experte mit einer Reihe von Auszeichnungen.«

Gottfried kannte Phil lange genug, um zu wissen, dass gleich die Pointe käme, auf die er offenbar hinarbeitete.

»Er *war* erfolgreich«, sagte der mit Nachdruck. »Bis vor zwei Jahren.«

»Und seitdem nicht mehr? Kennst du den Grund dafür?«

Phil zuckte mit den Schultern. »Es gab seit zwei Jahren keine bedeutsamen Veröffentlichungen mehr von Falkenstein oder einem seiner Mitarbeiter.«

»Aber genau das ist doch wesentlich für Wissenschaftler: Je mehr sie publizieren, desto größer ist ihr Renommee.«

»Das ist vollkommen richtig.«

»Warum aber sollte Falkenstein über einen so langen Zeitraum auf etwas derartig Wichtiges verzichten?«

»Genau dasselbe hat Leon sich auch gefragt, zumal Falkenstein auf allen einschlägigen Kongressen und Konferenzen anzutreffen ist.«

»Könnte es sein, dass er an etwas sehr Großem arbeitet, etwas das viel Zeit benötigt? Vielleicht will er mit einer Sensation aufwarten und sich von anderen nicht in die Karten schauen lassen.«

»Leon findet das eher unwahrscheinlich«, sagte Phil. »Heute müssen Wissenschaftler weltweit zusammenarbeiten, wenn sie ihre Themen voranbringen wollen.«

»Arbeitet Falkenstein vielleicht an einem Geheimprojekt?«

»Wenn es geheim wäre, wüsste natürlich niemand davon.«

»Welche weiteren Gründe könnte es geben, dass der Professor nichts mehr publiziert?«

»Leon kann nicht alles wissen.« Phil klatschte wohlgelaunt in die Hände angesichts des Tellers mit aufgetürmtem Rührei und Speck, den der Kellner ihm servierte. »Aber ich kann noch jemand anderes fragen.«

*

Als sein Handy den Klingelton für unbekannte Anrufer spielte, dachte Olaf nicht daran, dass er in der WG seine Telefonnummer hinterlassen hatte. Umso erfreuter war er, als die Anruferin sich als Benjamins Freundin Tabea zu erkennen gab. Sie vereinbarten, sich um vier Uhr im ›Starbucks‹ in der Freßgass zu treffen.

»Wie kann ich Sie erkennen?«, wollte sie wissen.

»Ich trage eine Nelke im Knopfloch und die ›Times‹ unter dem Arm.« Wieso musste er immer so albern sein, er spielte doch den trauernden Onkel?

Glücklicherweise kam von der anderen Seite der Leitung ein helles Lachen. Tabea beschrieb kurz, wo im Café sie voraussichtlich sitzen würde. »Ich habe blonde Haare und trage einen Pferdeschwanz«, sagte sie, bevor sie auflegte.

*

Als Olaf zur vereinbarten Zeit das ›Starbucks‹ betrat, fühlte er sich deplatziert. Es kam nicht oft vor, dass er sich in ein solches Café verirrte. Mussten ausgerechnet die USA, das Land der schlabberigen Brühe, die Welt mit ihrem Kaffee missionieren? Er erblickte etliche blonde Frauen mit Pferdeschwanz und war erleichtert, als er eine ebensolche an dem zuvor beschriebenen Tisch am Ende der Theke sitzen sah.

»Sind Sie Tabea?«

Das Lächeln der jungen Frau hatte etwas Spöttisches, als sie antwortete. »Ich habe sofort gewusst, dass Sie es sind.«

Wie sie das wohl meinte? Nach einer kurzen Begrüßung musste er sie auch schon wieder verlassen, um am Tresen seine Bestellung aufzugeben. Er las sich mehrmals durch die an der Wand angebrachten Tafeln mit dem Angebot hipper Kaffee- und Teespezialitäten. Dann bestellte er bei dem jungen Kerl hinter der Theke auf gut Glück einen ›Frappuccino‹ mit einem Spritzer ›Vanilla Flavor‹.

»Ach, machen Sie eine doppelte Portion ›Vanilla‹!«

Der Junge sah ihn irritiert an.

»Einfach rein in den ›Frappuccino‹!«, sagte Olaf munter. Er nickte Tabea einige Male zu, während er auf das Getränk wartete. Schließlich setzte er sich mit einem Pappbecher zu ihr an den Tisch.

»Sie sagen, Sie sind ein Onkel von Ben?« Sie sah ihn mit offenem, aufmerksamem Blick an.

»Ich bin kein leiblicher Onkel, sondern ein väterlicher Freund.« Er verzog das Gesicht. Der Kaffee war pappsüß und schmeckte aufdringlich nach Vanille. »Als ich ins Ausland ging, verloren wir uns leider aus den Augen.«

Tabea taxierte ihn noch immer mit dem selbstsicheren Blick einer jungen Frau, die stets zeigt, was sie empfindet. »Wo waren Sie?«

»In Singapur.« Er war tatsächlich zwei Jahre dort gewesen. Das war zwar so lange her, dass es ihm wie aus einem anderen Leben vorkam, aber für Fangfragen war er gewappnet.

»In Singapur war ich auch einmal, auf dem Weg nach Neuseeland. Deshalb hatte ich nur wenig Zeit.« Sie trank cool aus ihrem Becher, behielt ihn aber im Blick.

»Für die Orchard Road und Sentosa wird es hoffentlich gereicht haben.«

Sie lächelte vielsagend. »Sentosa war mir zu touristisch.«

Prüfung bestanden. Sie nahm ihm den Onkel ab.

»In der WG wurde mir gesagt, Sie sind – sie waren – Benjamins Freundin.«

Selbst als sich für einen Moment Trauer in ihrem Gesicht abzeichnete, wirkte sie nicht verletzlich, sondern wie jemand, dem die eigenen Gefühle vertraut sind. »Für Viele waren wir ein Paar im klassischen Sinne. Wir bezeichneten unsere Beziehung als ›Freundschaft Plus‹.«

»›Freundschaft Plus‹.« Er kannte den Ausdruck. In seiner Rolle als Onkel, der kürzlich aus dem Ausland zurückgekehrt war, stellte er sich aber ahnungslos. Außerdem hatte er von dem ›Frappuccino‹ einen so verklebten Mund, dass er nur einen unschönen Laut fertigbrachte.

»Wir waren *Buddys*, Freunde, Kumpel«, erklärte sie bereitwillig. »Und unter Freunden macht man sich gerne kleine Geschenke, wie etwa Sex.«

Er tat erstaunt. »Also hatten Sie eine offene Beziehung.«

»Wie beide hatten unsere Freiheiten«, erläuterte sie unbefangen.

Es klang beinahe wie in der guten alten Hippiezeit. »Und das ging ganz ohne Probleme?«

»Keiner von uns neidete dem anderen seine erotischen Abenteuer.«

»Und die anderen?«

»Welche anderen?« Zum ersten Mal wirkte sie unsicher.

»Die erotischen Abenteuer. Haben die das auch so locker gesehen?«

Sie nickte nachdenklich. »Eigentlich alle. Alle, bis auf Fabi.« Sie schmunzelte. »Fabi hat Ben Schläge angedroht.«

»Schläge?«

»Fabi sagte, wenn Ben nicht die Finger von mir ließe, würde er ihm ›eine in die Fresse hauen‹.« Sie lachte. »Wie archaisch!«

»Und hat er?«

Sie überlegte kurz. »Ich glaube nicht.«

»Aber sicher sind Sie nicht?«

»Hätte er sich mit Fabi geprügelt, wüsste ich das.«

»Dieser Fabi hat ihn aber bedroht?«

»Weil er eifersüchtig war.«

»Ist Fabi jemand, mit dem man besser nicht in Streit gerät? Ist er kräftig?«

»Er betreibt Kampfsport, so eine Art Kung Fu.«

»Klingt wie jemand, mit dem man sich nicht anlegen sollte.«

»Ach was. Fabi ist durch und durch friedfertig. Nur eifersüchtig. Vor wem Ben wirklich Angst hatte, war dieser Inkassomann.«

»Hatte Benjamin Schulden?«, spielte Olaf den Unwissenden.

»Zwanzigtausend Euro«, sagte Tabea mit Nachdruck. »Online Poker. Dabei war er gar nicht der Typ Mensch, der im Internet versackt. Er sagte, er wäre in der Nacht betrunken gewesen, als er das Geld verzockte.«

»Dieses verdammte Internet! Woher hatte er die zwanzigtausend Euro?«

»Von der Website. Die verleihen das Geld, das die Leute verspielen sollen.«

»Benjamin ist also Betrügern im Internet aufgesessen.«

Sie nickte bedeutungsvoll. »Und dann schicken sie diesen Inkassomann. Der hatte so ein Kreuz«, sie deutete mit den Händen enorm breite Schultern an, »einen Stiernacken, einen kahlrasierten Schädel und gigantische Muskeln.«

»Und dieser Mann ist zu Benjamin nach Hause gekommen?«

»Er hat ihn massiv bedroht!«, antwortete sie heftig. »Wenn er wiederkäme, sagte er, würde es für Ben sehr schmerzhaft.«

»Wann war das?«

»Letzte Woche Montag. Der Mann hat Ben ein Ultimatum gestellt: Er sollte innerhalb von zwei Wochen das Geld zurückgeben.«

Es war nicht geschauspielert, als Olaf geräuschvoll den Atem ausblies. Benjamin Hoffmann hatte in äußerst großen Schwierigkeiten gesteckt.

»Ich habe Ben angeboten, meine Eltern nach Geld für ihn zu fragen«, fuhr Tabea fort, »aber das wollte er nicht. Er würde einen Weg finden.«

»Wie wollte er zwanzigtausend Euro auftreiben?«

Sie zuckte mit den Schultern. »Keine Ahnung.«

»Konnten seine Eltern nicht das Geld aufbringen? Oder Freunde?«

»Ben wollte nicht, dass irgendjemand davon erfuhr. Er hatte vor, die Zwanzigtausend ganz alleine zu besorgen.« Sie stellte ihren Becher ab. »Ben hatte aber noch ein weiteres Problem: Seine Doktorarbeit wurde nicht anerkannt.«

»Wie ist das möglich? War sie nicht gut?«

»Ben sagte, jemand hätte ihn hereingelegt.«

»Hereingelegt«, wiederholte Olaf verblüfft. »Wie wurde er hereingelegt und von wem?«

Tabea sah ihn ratlos an. »Er sagte, er würde es herausfinden.«

Ich muss mich mit Leuten aus Falkensteins Arbeitsgruppe unterhalten, dachte Olaf, bevor er seinen ›Frappuccino‹ austrank.

18

Gleich nach dem Gespräch mit Tabea kaufte sich Olaf eine Flasche Wasser, um seinen zuckerverklebten Mund auszuspülen. Danach spazierte er zum Main und ließ sich in der Nähe des Eisernen Stegs auf einer freien Bank nieder.

Wie immer an einem sonnigen Tag war das Mainufer mit Spaziergängern und Radfahrern bevölkert. Eine Schar Spatzen pickte begeistert die Krümel auf, die eine Frau beim Verspeisen eines Brötchens fallen ließ.

Olaf trank die Wasserflasche aus, bevor er Gottfrieds Nummer wählte.

»Hast du deinen Virus endlich zur Vernunft gebracht?«, war das Erste, was er zu hören bekam.

Er lauschte geduldig der Standpauke vom anderen Ende der Welt. »Aber immerhin haben wir jetzt neue Informationen erhalten«, sagte er schließlich. Er wartete kurz, ob Gottfried weiter schimpfen würde, bevor er fortfuhr: »Wir wissen beispielsweise nun genauer über Benjamins Familienverhältnisse Bescheid. Dass die Eltern im Ausland wohnen und ihren Sohn seit etwa zwei Jahren nicht gesehen haben, war uns schon bekannt. Er hatte keine Geschwister, und die Großeltern leben nicht mehr. Neben den Eltern gibt es nur noch einen weiteren Verwandten: einen Onkel.«

»Was weißt du über den?« Gerade hatte Gottfried sich über den Virus aufgeregt. Nun aber schien die Neugier auf die Informationen, die der Virus für sie bereithielt, größer als seine Skepsis.

»Klaus Schott, neunundfünfzig Jahre, ledig, wohnt in Griesheim.«

»Mit dem sollten wir reden.«

Olaf grinste. »Das könnte schwierig werden. Der Onkel scheint ein Säufer zu sein. Ich habe mir das Telefonat angehört, in dem ein Polizist ...«

»Du hast ein Telefongespräch abgehört?«, entfuhr es Gottfried. Dann setzte er mit ruhigerer Stimme hinzu: »Olaf, mich wundert gar nichts mehr.«

Dass Olaf nicht beabsichtigte, Telefonate geschickt zu bekommen, wollte er zum jetzigen Zeitpunkt besser nicht ausbreiten. Später vielleicht.

»Der Polizist wollte Klaus Schott befragen«, fuhr er fort, »bekam aber nur üble Flüche und Verwünschungen zurück. Magst du eine Kostprobe hören?«

»Nein. Verschone mich mit solchen Details.«

»Der Mann war offensichtlich hackedicht. Die Wortwahl gegenüber dem Polizisten dürfte ihm eine Klage wegen Beamtenbeleidigung einbringen.«

»Trotzdem sollten wir mit dem Mann reden.«

»Ich habe vor, ihn morgen zu besuchen. In einer von Benjamins Mails habe ich gelesen ...«

»Wie hast du *das* wieder geschafft?«

»Die Software habe ich geschrieben, als ich ...«

»Olaf, ich will es wirklich nicht wissen!«

»Okay«, beeilte er sich zu sagen, »Benjamin hat in den letzten Wochen mit seinem Onkel mehrere Mails ausgetauscht. Ganz offensichtlich kennt Klaus Schott den Professor und ist aus irgendeinem Grund schlecht auf ihn zu sprechen.«

»Eine Verbindung zwischen Benjamins Onkel und Professor Falkenstein«, resümierte Gottfried. »Das ist erstaunlich.«

»Ich werde ihm morgen Vormittag einen Besuch abstatten. Da ist er vielleicht noch nüchtern.«

»Was hast du noch herausgefunden?«

»Ich habe mich mit Benjamins Freundin getroffen.«

Olaf berichtete von seinem Gespräch mit Tabea, von ›Freundschaft Plus‹ und einem gewissen Fabian, dem das ›Plus‹ alles andere als recht war.

»Mord aus Eifersucht«, sagte Gottfried, »wird immer gerne genommen.«

»Oder es war ein Streit, der eskalierte, also Totschlag.«

»Was hast du sonst noch erfahren?«

»Tabea hat mir erzählt, dass Benjamin sich die Schulden auf einer Website mit Online Poker eingehandelt hat.«

»Spielsucht?«

»Er sei betrunken gewesen und hätte das Geld in einer einzigen Nacht verspielt.«

»Das glaube ich nicht!«

»Laut Tabea ist er auf Betrüger hereingefallen. Über die Website kann man sich das Geld leihen, das man verzockt.«

»Unglaublich! Man kann zwanzigtausend Euro verlieren, indem man zu Hause auf einem Bildschirm herumklickt.«

»Das geht ohne Weiteres. Benjamin lehnte jede Hilfe ab und wollte das Geld alleine auftreiben.«

»Dann hatte er etwas Illegales vor.«

»Ich denke auch, dass er sich auf irgendein krummes Ding eingelassen hat.«

»Und auf die falschen Leute. Deshalb ist er tot. Wir müssen herausbekommen, was er getan hat.«

»Da gibt es noch eine Sache: Benjamin hatte seine Doktorarbeit fertig, aber sie wurde nicht anerkannt.«

»Das muss ein Albtraum für den Jungen gewesen sein!«

»Er meint, jemand habe ihn hereingelegt. Er wollte herausfinden, wer es war.«

»Du musst dich in Falkensteins Arbeitsgruppe umhören.«

»Du dinierst den ganzen Tag im schönen Kalifornien«, frotzelte Olaf, »und lässt mich die ganze Arbeit machen.«

»Ich denke, das macht dir Spaß. Außerdem bin ich keineswegs untätig geblieben und habe meine Beziehungen spielen lassen. Phil hat herausgefunden, dass Falkenstein seit zwei Jahren keine Publikationen von Bedeutung veröffentlicht hat.«

»Vielleicht mangelt es dem arroganten Fatzke an Inspiration?«

Gottfried lachte. »Vorsicht! Du sprichst über eine Koryphäe der Festkörperphysik. Der Professor wurde mehr als einmal für den Nobelpreis vorgeschlagen.«

»Ich werde ihn um ein Autogramm bitten.«

»Wir müssen herausfinden, weshalb Falkenstein nichts mehr veröffentlicht. Er könnte an etwas Geheimen arbeiten.«

»Falkenstein kommt mir nicht wie ein James Bond vor. Könnte es sein, dass jemand im Umfeld des Professors Forschungsergebnisse weitergibt?«

»Das wäre eine Möglichkeit: Jemand aus seiner Arbeitsgruppe verkauft Ergebnisse an eine andere Uni, die sie dann veröffentlicht, bevor Falkenstein es tun kann.«

»Ich habe von einem Knaben im Team des Professors gehört, der für Speichelleckereien bekannt ist. Alle nennen ihn den ›Miniprof‹.«

Er hörte Gottfried in Kalifornien lachen. »Einen Schleimer gab es auch an meiner Uni. So einer muss aber nicht gleich ein Spion sein.«

»Es wäre auch möglich, dass das Computernetz des Professors gehackt wurde und auf diesem Weg Daten abgezogen werden.«

»Für so etwas bist *du* der Spezialist«, sagte Gottfried mit unschönem Unterton.

»Der ›Miniprof‹ gilt als erbitterter Gegner von Benjamin. Ich denke, den sollten wir uns auf jeden Fall näher ansehen.«

»Dann hast du eine Menge Hausaufgaben zu erledigen. Ich fahre ins Napa Valley. Phil hat für uns ein Weingut mit einem unglaublichen Chardonnay herausgesucht.«

Olaf sollte seinen Freund an dessen Krankheit erinnern, aber das wäre dem sowieso egal. Stattdessen wollte er endlich die Sensation der letzten Tage loswerden: »Ob du es glaubst oder nicht: Gestern bin ich mit der Frau des Professors im Bett gelandet!«

19

Am Morgen ging Olaf als Erstes in ein Café frühstücken. Wenn Schott tatsächlich ein Säufer war, schlief er vermutlich lange und wäre erst am späten Vormittag ansprechbar. Der Sommer meinte es gut mit den Leuten, und Olaf konnte es sich im Garten des Cafés gemütlich machen. Nach dem zweiten Cappuccino trieb ihn die Neugier dazu, Schotts Telefonnummer zu wählen. Er ließ es lange klingeln und wollte gerade auflegen, als er merkte, dass auf der Gegenseite jemand das Gespräch annahm.

»Hallo?«, rief er irritiert, weil sich niemand meldete. »Spreche ich mit Herrn Schott?«

Es war ein unregelmäßiges Atmen zu hören, fast schon ein Schnaufen. »Es geht um Ihren Neffen Benjamin.«

Für eine Weile vernahm er nur das Atmen. Schließlich hörte er doch eine Stimme: »Leck mich am Arsch!«

Die Verbindung wurde gekappt. Das klang nicht nach einer herzlichen Einladung. Schott machte den Eindruck, als wäre er völlig verkatert vom Telefon aus dem Tiefschlaf gerissen worden. Wie es schien, hatte Olaf zu früh angerufen. Er winkte der Bedienung, um sich einen weiteren Orangensaft zu bestellen. Das Wetter war grandios, und beeilen musste er sich ganz gewiss nicht.

*

Die Adresse in Griesheim klang alles andere als vornehm. So war es für Olaf auch nicht überraschend, dass der Gehweg vor dem Wohnblock mit Unrat übersät war. In den Büschen des nahegelegenen Grünstreifens schaukelten zerfetzte Plastiktüten. Da das Schloss kaputt war, gelangte er, ohne zu klingeln, durch die Tür in den Hausflur. Aus der Anordnung der Klingelknöpfe schloss er, dass Klaus Schott im dritten Stock wohnte. Auf dem Weg nach oben war Babygeschrei und laute Popmusik zu hören. Schließlich drückte er auf einen Klingelknopf mit der Aufschrift »Schott«.

Er vernahm ein Poltern, das auf der anderen Seite der Tür langsam auf ihn zuzukommen schien. Nach einer Weile wurde die Tür geöffnet. Der Mann in der Unterhose hatte blondgefärbte Haare, Strähnen hingen ihm ins aufgedunsene Gesicht, die Nase war gerötet. Auch ohne abgehörte Polizeitelefonate hätte Olaf diesen Mann sofort als Alkoholiker eingeschätzt.

»Guten Tag. Sind Sie Herr ...?«

»Was willst du?«, wurde er rüde unterbrochen. Klaus Schott füllte mit seinem Bierbauch unter dem verwaschenen T-Shirt den Türrahmen vollständig aus.

»Ich möchte mit Ihnen über Ihren Neffen sprechen.«

»Scher dich zum Teufel!« Schott schwankte merklich. Sogar um diese frühe Tageszeit war er betrunken.

»Sie wissen schon: Ihr Neffe Benjamin«, versuchte Olaf es erneut.

»Verpiss dich endlich!« Schott schien es nicht zu stören, dass seine Stimme im Hausflur widerhallte.

»Benjamin wurde ermordet.«

Olaf wusste nicht, welche Reaktion er von dem Mann erwartet hatte, gewiss nicht diese: »Geschieht ihm recht!«

Olaf war für einen Moment sprachlos.

»Die Sau hat mich beklaut!«

»Hat Benjamin Ihnen Geld gestohlen?« Er konnte sich schwer vorstellen, dass in der Wohnung, deren übler Geruch sich in den Hausflur auszubreiten begann, Geld herumliegen könnte, aber für einen jungen Kerl mit Schulden ...

»Er hat meine Bänder geklaut!« Mit diesen Worten schlug Schott ihm die Tür vor der Nase zu. »Die Sau!«, hörte er noch aus der Wohnung, während das Echo des Knalls durch das Treppenhaus donnerte. Das Gespräch war einseitig für beendet erklärt worden, bevor es wirklich begonnen hatte.

Bänder geklaut, ging Olaf im Kopf herum, als er die Treppen herunterstieg. Welche Bänder? Vielleicht Tonbänder? Ihm kam Uwe in den Sinn, sein alter Bekannter, der unweit von Benjamins WG wohnte. Der war immer stolz darauf gewesen, dass er alle Stücke der Beatles – und er betonte immer, *wirklich alle* – auf Tonbändern konserviert hatte. Konnte es sein, dass Benjamin aus der Wohnung seines Onkels Tonbänder mitgenommen hatte?

Der Besuch bei Klaus Schott musste als großes Fiasko verbucht werden. Olaf würde es nochmal an einem anderen Tag versuchen, dann allerdings zu einer früheren Tageszeit. Schott konnte ja nicht ständig knülle sein. Als er durch die Haustür auf die sonnige Straße trat, dachte Olaf an Uwe. Ob der noch immer seine uralten Tonbänder hatte? Er grinste, als er das Telefon zur Hand nahm, um seinen alten Kumpel anzurufen.

*

Schon wieder war Gottfried viel zu früh aufgewacht. Wenigstens wurde er mit einem hervorragenden Frühstück entschädigt. Seine Wahl fiel auf das ›Breakfast Milano‹: edler Schinken, Salami und Käse. Dazu dieser herrliche Cappuccino, wie er ihn in Amerika niemals erwartet hätte. Phil hatte nicht zu viel versprochen: einfach exzellent, diese Jameson Vineyards. Von außen sah das Gebäude zwar der Ritterburg, mit der er als Kind gespielt hatte, zum Verwechseln ähnlich, die Gastronomie aber, und natürlich dieser Chardonnay, hatten fünf Sterne verdient. Ein Jammer, dass er nicht mehr so viel essen konnte. Dafür aß er nun langsamer, um den Genuss zu verlängern.

Mit Phil konnte er erst in einer Stunde rechnen. Ihm blieb also viel Zeit, nicht nur für sein Frühstück, sondern auch um über den Mordfall nachzudenken. Olaf und er hatten einiges an Fakten zusammen, auch Kandidaten, die einen Mörder abgeben könnten.

An einen eifersüchtigen Liebhaber mochte er nicht glauben. Gewiss war es lohnender, der Frage nachzugehen, warum Falkenstein nichts mehr veröffentlichte. Es musste Unregelmäßigkeiten in Falkensteins Team geben, ein Datenleck. Jemand in Falkensteins Umgebung verhökerte Forschungsergebnisse an andere Unis. Wer immer solche Informationen kaufte, würde eine Menge Geld dafür zahlen. Und derjenige, der sie anbot, konnte es zu beträchtlichem Reichtum bringen. Oder hohe Schulden begleichen.

Er zuckte zusammen, als das Handy in seiner Jackettasche zum Leben erwachte. Doktor Scharschmidt.

»Wir müssen den ersten Termin für die Chemotherapie von neun auf elf Uhr verschieben.«

»Ich wollte Sie sowieso anrufen. Derzeit bin ich auf einer Dienstreise.«

»Aber der Termin ist bereits morgen.«

»Wir müssen ihn verschieben. Ich bin in Kalifornien.«

»Sie gehen auf eine Dienstreise nach Amerika?« Der Doktor klang fassungslos. »Bei Ihrem Befund?«

»Es geht um einen außerordentlich wichtigen Vertragsabschluss«, gab Gottfried zurück.

»Sie müssen unverzüglich die Therapie beginnen! Sie kennen Ihre Heilungschancen.«

»Absolut: Sie stehen fifty-fifty.«

»Sie müssen sofort zurückkommen. Wir können mit der Behandlung nicht warten.«

»Morgen bin ich aber noch in Kalifornien. Der Termin muss verschoben werden.«

Es entstand eine kurze Pause. Durch das Telefon war das Klicken einer Computermaus und Papierrascheln zu hören.

»Es wäre bloß übernächste Woche Montag etwas frei ...«, meldete sich der Arzt nach einer Weile.

»Prima. Dann machen wir das so. Um welche Uhrzeit?«

»Aber das wäre viel zu spät!«, rief der Doktor ungehalten. »Ich versuche, Sie irgendwie für nächste Woche unterzubringen.«

»Übernächste Woche ist schon in Ordnung. Das passt mir sehr gut.«

»Bedenken Sie Ihre Prognose: fünfzig Prozent! Sie müssen schnellstmöglich beginnen.«

»Übernächste Woche sind das noch immer fünfzig Prozent. Der Termin ist okay.«

»Ich kann als Ihr behandelnder Arzt nicht verantworten, so viel Zeit bis zur Chemotherapie zu vergeuden.« Doktor Scharschmidt kündigte verärgert an, er werde einen Termin für nächste Woche finden, bevor er das Gespräch beendete.

Gottfried steckte sein Handy zurück in die Tasche. Als ob es seine Chancen merklich verringern würde, erst übernächste Woche mit der Therapie zu beginnen. Letztendlich war die ganze Angelegenheit pure Wahrscheinlichkeitsrechnung. Mathematik.

Nun wollte er sich wieder dem Mordfall widmen. Er belegte eine Brötchenhälfte mit Parmaschinken. Der Schlüssel zur Auflösung waren Falkensteins zwei Jahre ohne Veröffentlichungen, das stand für ihn fest. Es fühlte sich gut an, diese Information von Phil bekommen zu haben, nicht von diesem unberechenbaren Virus.

Er grinste bei dem Gedanken an Olaf. Olaf mit der Frau des Professors! Phils Freund beim MIT hatte sie als jung und außerordentlich sexy beschrieben. Er gönnte es dem alten Wolf, mit einer so attraktiven Frau im Bett gewesen zu sein. Allerdings war Olaf nicht als großer Frauenheld bekannt, auch nicht nach Carolas Tod. Warum konnte er bei der Professorengattin landen? Oder besser, warum hatte sie sich ausgerechnet Olaf ins Bett geholt?

Irgendetwas stimmte nicht mit Frau Falkenstein.

20

Olaf war mit seinem Studienfreund Uwe im ›Gemalten Haus‹ verabredet. Er kannte das traditionelle Apfelweinlokal seit frühester Kindheit. Schon sein Großvater soll dort in jungen Jahren Stammgast gewesen sein. Die Wände des Restaurants zierten Gemälde, die Olaf schon als Kind vertraut gewesen waren und denen das ›Gemalte Haus‹ seinen Namen verdankte. Es roch nach Sauerkraut und Apfelwein, und die Gäste waren, je nach Tageszeit, eine Mischung aus Einheimischen, Messegästen und meist ausländischen Touristen.

Olaf bestellte ein Rippchen mit Kraut und eine Extraportion Brot. Der Kellner quittierte seinen Wunsch mit den Worten »Eine schlechte Wahl«, bevor er davonschlurfte.

Olaf lachte. »Das ist alles Lokalkolorit«, sagte er den Leuten am Tisch, die dem Kellner empört hinterherblickten. Schmunzelnd erklärte er ihnen, dass eine gepflegte Unfreundlichkeit bei den Kellnern nicht böse gemeint war, sondern zum guten Ton gehörte. Der stand nun an einem Tisch mit Japanern. Auf die Frage nach »*typical local food*« empfahl er Schlachtplatte.

Das werde ich mir nicht entgehen lassen, entschied Olaf.

Er plauderte mit seinen Tischnachbarn, als Uwe auftauchte und sich auf den von Olaf für ihn freigehaltenen Stuhl setzte. Sie hatten sich zuletzt vor drei Jahren gesehen, und wie früher war Uwe eine halbe Stunde zu spät.

Wahrscheinlich wird er gleich mit der Band anfangen. Vor einigen Jahrzehnten hatten sie zusammen in einer Rockband gespielt, mit Uwe als Sänger und Olaf an der Gitarre. Ihre Auftritte in Musikkneipen und Jugendclubs waren wild und chaotisch gewesen. Später hatte Olaf seine Gitarre nur noch selten zum Klampfen aus dem Keller geholt. Ambitionen als Rockgitarrist verspürte er schon lange nicht mehr. Heute hörte er meist ruhigere Musik.

»Ich habe Hubert, unseren Bassisten von früher, wiedergetroffen. Wir haben zusammen gejammt, und es war einfach genial.«

Olaf schmunzelte. *Uwe wie er leibt und lebt.*

»Wir könnten die Band wieder zusammenbringen.«

Olaf betrachtete sein Gegenüber. Dessen Haare waren zwar grau, aber immer noch schulterlang, auch wenn über der Stirn nur blanke Haut zu sehen war. Das Gesicht mit den Hängebacken des Endfünfzigers sah ihn erwartungsvoll an.

»Mensch Uwe, sind wir nicht zu alt, um Pubertät zu spielen?«

Uwe ging nicht auf die Spitze ein. Euphorisch begann er ein fantastisches Bild der Band zu zeichnen, in der alle wiedervereint wären – eine *Reunion*, so wie Deep Purple das 1984 getan hatten.

»Ich werde es mir durch den Kopf gehen lassen«, sagte Olaf schließlich, als der Kellner ihm mit einem Grinsen das Essen auf den Tisch stellte. »Du hast noch gar nichts bestellt.«

Uwe entschied sich für eine Portion ›Grüne Soße‹.

Olaf schmunzelte, als der Kellner kurz darauf einem staunenden asiatischen Publikum acht Portionen Schlachtplatte servierte.

»Hast du deine Beatles-Bänder noch?«

»Ich habe wirklich – und ich meine auch wirklich – jedes verdammte Stück der Beatles.«

»Erstaunlich für einen wie dich, der nur Hardrock hört.«

»Ich habe die Sammlung sogar um die Soloalben ergänzt. Und um alles von den ›Wings‹.«

»Hörst du das Zeug überhaupt?«

»Manchmal. Das ›Weiße Album‹ ziehe ich mir gelegentlich vor dem Schlafengehen rein.«

Olaf sah wieder zu den Japanern herüber, die stirnrunzelnd ihre Schlachtplatten inspizierten.

»Funktioniert das uralte Tonbandgerät überhaupt noch?«

Uwe lachte. »Ich habe die Bänder natürlich schon vor Jahren digitalisiert. Ich überlasse einen solchen Schatz doch nicht einer Technologie aus den 60er Jahren.«

»Die Beatles sind auf eine DVD umgezogen?

»Dahin und auf meinen Streaming-Server.«

Ob Klaus Schott dasselbe mit *seinen* Bändern getan hatte?

Nun beäugten die Japaner argwöhnisch, was hervorquoll, wenn sie mit dem Besteck auf die Blutwurst drückten. Olaf wusste aus Erfahrung, dass sie ihre Schlachtplatten tapfer vertilgen würden, höflich wie die Japaner waren, oder einfach aus Respekt vor den Bräuchen der Einheimischen.

»Also, was ist jetzt mit der Band? Machst du mit?« Uwe schien es mit der *Reunion* wirklich ernst zu meinen.

»Uns fehlt der Drummer. Oder hast du Kontakt zu Heiko?«

»Seit Heiko damals wegging, habe ich von ihm nur noch ein paar Postkarten aus Nicaragua bekommen. Die letzte wohl vor dreißig Jahren.«

»Und ich habe auch nie wieder von ihm gehört.«

»Wir werden einen Ersatz finden.«

Olaf nahm einen Schluck Apfelwein. »Ich befürchte, das wirst du.«

21

Olaf begann, den Campus Riedberg zu mögen. Wenn man das Prinzip einmal verstanden hatte, war es sehr einfach, sich zurechtzufinden. Er hatte sogar einen komfortablen Parkplatz unweit des Physikgebäudes gefunden. Zu seiner Studentenzeit wäre das undenkbar gewesen.

Erfreulicherweise war Pascal Wenger bereit, mit ihm, dem angeblichen Onkel des Toten, bereits heute zu sprechen. Der vereinbarte Treffpunkt, das ›Café Physik‹, lag im Untergeschoss des Gebäudes. Von seinem Tisch aus blickte Olaf durch ein breites Fenster direkt in eine Halle mit einem Gewirr aus Elektronik, Rohren und Schläuchen.

Exakt zur vereinbarten Zeit erschien der ›Miniprof‹, ein blasser Kerl mit blondem Scheitel, Anzugshose und Polohemd.

»Nochmal vielen Dank, dass Sie sich so kurzfristig freigenommen haben«, begrüßte ihn Olaf.

»Aber ich helfe doch gerne.« Pascal setzte sich zu ihm an den Tisch. »Ich wusste gar nicht, dass Benjamin einen Onkel hatte.«

»Ich bin kein leiblicher Onkel ...« Er hatte die Geschichte schon so oft erzählt, dass er beinahe selbst daran glaubte. »Ich möchte so viel wie möglich darüber erfahren, womit er sich beschäftigte. Woran genau hat er geforscht?«

»Wir sind Teil der Festkörperphysik«, erklärte der ›Miniprof‹. »In unseren Laboren erzeugen wir Temperaturen von bis zu zehn Millikelvin, das ist so kalt, dass Metalle zu Isolatoren werden. In diesem Zustand nennen wir sie ›organische Metalle‹.«

Olaf nickte beindruckt. »Kälter als das Weltall.«

Pascal wirkte für einen Moment über so viel Expertise irritiert. »Korrekt. Das Universum ist von der 3-Grad-Kelvin

Hintergrundstrahlung durchdrungen, dem Echo des Urknalls«, stellte er klar. »Das entspricht circa minus zweihundertsiebzig Grad Celsius.«

»Darf ich sehen, woran Benjamin gearbeitet hat?«

»Selbstverständlich. Ich zeige Ihnen unser Labor.«

Pascal schritt voran. Während sie durch die Gänge liefen, erläuterte er Besonderheiten der Gebäudearchitektur. Nach einer Weile stoppte er an einer unscheinbaren Tür, um sie aufzuschließen. Zu dem Flur, den sie betraten, hatten offenkundig nur Institutsangehörige Zutritt. Schließlich erreichten sie einen kleinen, mit Geräten und komplexen Aufbauten vollgestellten Raum. Vor einer der vielen Apparaturen stand ein junger Kerl mit Bärtchen, der sichtlich bemüht war, ein Rohr in der richtigen Position zu halten. Olaf unterdrückte ein Grinsen, als der Student ihm eine verkrampfte Hand entgegenstreckte, ohne dabei das Rohr aus den Augen zu lassen. Es schien ungeheuer wichtig für den Versuchsaufbau, dass es sich nicht bewegte.

»Lass dich nicht stören, Damir. Das ist ein Onkel von Benjamin. Er möchte uns ein paar Fragen stellen.«

Olaf wandte sich an Pascal. »Was genau war Benjamins Rolle bei Ihren Forschungsprojekten?«

»Er arbeitete an seiner Dissertation. Es ging um einen Aspekt unserer Forschungen an ›organischen Metallen‹.«

»War Benjamins Dissertation weit fortgeschritten?«

Der ›Miniprof‹ und Damir tauschten Blicke aus.

»Er hatte seine Doktorarbeit bereits beendet, aber dann ...«

»Dann stellte sich heraus, dass wenige Wochen zuvor jemand eine Arbeit zu genau demselben Thema veröffentlicht hatte!« Die Hand, mit der Damir das Rohr hielt, zitterte bedenklich.

»Das ist korrekt«, bestätigte Pascal. »Eine Universität in Indien war Benjamin zuvorgekommen. Und deshalb gilt seine Doktorarbeit als Plagiat.«

»Und weil meine Masterarbeit auf Benjamins Arbeit aufbaut«, wieder begannen Hand und Rohr aufgeregt zu zittern, »wurde auch sie zum Plagiat erklärt!«

»So etwas kommt in der Wissenschaft vor.« Der ›Miniprof‹ klang alles andere als mitfühlend. »Man muss recherchieren, woran die anderen Universitäten arbeiten.«

»Benjamin war mit allen vernetzt, die auf dem Gebiet der ›organischen Metalle‹ forschten. Diese indische Universität ist auf unserem Spezialgebiet nie zuvor in Erscheinung getreten«, sagte Damir heftig.

»Was bedeutete das für die beiden konkret?«, fragte Olaf.

»Benjamin und Damir wurden aufgefordert, neue Arbeiten zu einem anderen Thema zu schreiben«, sagte Pascal mit einem Achselzucken.

»Wie nahm Benjamin auf, dass seine fertige Doktorarbeit als Plagiat gilt?«

»Er verdächtigte jeden am Institut, ihn hereingelegt zu haben.« Pascal setzte ein herablassendes Grinsen zur Schau.

Olaf bemerkte, dass Damir tief durchatmete, als ob er sich nur mit Mühe beherrschen konnte.

»Ist das nicht eine verständliche Reaktion?«

»Leider kann es passieren, dass Forschungsarbeiten spät veröffentlicht werden und jemand anderes einem zuvorkommt. Das ist das Risiko, dem jeder ausgesetzt ist, der wissenschaftlich arbeitet. Deshalb ist es ja so wichtig, die anderen Universitäten im Blick zu behalten.«

Damir wirkte, als würde er im nächsten Moment das Rohr loslassen, um aufgebracht durch den Raum zu hüpfen. »Benjamin war mit allen vernetzt, die an ›organischen Metallen‹ arbeiten!«

»Er war mit allen vernetzt, bis auf den Einen, der diese Arbeit veröffentlichte«, resümierte Pascal ungerührt.

Kalt wie zehn Millikelvin.

»Ging Benjamin regelmäßig in die Mensa essen?« Olaf hatte die Frage an Damir gerichtet, der nach wie vor hartnäckig das Rohr in Position hielt.

»Normalerweise gehen alle im Team gemeinsam essen«, antwortete der sichtlich irritiert über den plötzlichen Themenwechsel.

»Ich gehe nie in die Mensa.« Der ›Miniprof‹ machte ein angewidertes Gesicht. »Mittags mache ich mir immer eine Tasse Müsli.«

»Der Student geht so lange zur Mensa, bis er bricht.« Die beiden sahen Olaf verständnislos an.

»Nur ein Spruch aus meiner Studentenzeit.« Olaf grinste. »Ich möchte mir die Mensa ansehen. Damir, zeigen Sie mir, wo Benjamin essen ging?«

»Wenn das hier«, er nickte mit dem Kopf in die Richtung des Rohrs, »rechtzeitig fertig ist.«

*

»Ben wurde ermordet, weil er zu viel wusste«, brach es aus Damir heraus.

Es kostete Olaf einige Mühe, nicht zu schmunzeln. Damirs Worte klangen, als hätte er sie aus einem Krimi. Sie standen an der breiten Treppe vor dem Physikgebäude, wo Olaf auf den Studenten gewartet hatte.

»Wovon wusste er?«, spielte er den Ahnungslosen.

»Von den Machenschaften an diesem Institut!« Damir schnaubte aufgebracht. »Darüber, wer unsere Ergebnisse verhökert hat.«

»Sie meinen«, er tat nachdenklich, »es war gar kein Zufall, dass diese ausländische Uni kurz vor Ihnen die Forschungsergebnisse veröffentlichte?«

»Jemand muss Benjamins Arbeit verkauft haben.« Damir ruderte beim Reden lebhaft mit den Armen. Dass er bei ihrem Gespräch mit dem ›Miniprof‹ das Rohr gehalten hatte, ohne sich bewegen zu können, war für ihn gewiss eine Qual gewesen. »Und Ben hat herausbekommen, wer es war.«

»Hat er mit Ihnen darüber geredet?«

»Wir haben über nichts anderes gesprochen! Natürlich nur, wenn niemand dabei war.« Er sah sich mehrere Male verstohlen um, als wollte er sich versichern, dass ihm auch jetzt niemand zuhörte.

»Hat Benjamin eine Vermutung geäußert, wer derjenige sein könnte?«

»Eine Vermutung? Ich bin sicher, er wusste es, und das hat ihm das Leben gekostet.« Damirs Augen waren glasig geworden: die Tränen einer ohnmächtigen Wut.

»Hat er eine bestimmte Person verdächtigt?«

Olaf unterdrückte ein Grinsen, als Damir abermals mit Körperdrehungen die Umgebung nach möglichen Zuhörern auskundschaftete und sich dann Olafs Ohr näherte. »Er verdächtigte Pascal Wenger.«

»Den ›Miniprof‹!« Das war einfach so aus ihm herausgeschossen! Natürlich passte dieser Ausspruch keineswegs zu seiner Rolle des trauernden Onkels.

»›Miniprof‹?« Damir blickte ihn irritiert an. »So nennen wir ihn. Aber nur, wenn er nicht dabei ist.«

»Tatsächlich?« Olaf gelang ein authentisch wirkendes Lachen. »Als ich studierte, gab es einen Kommilitonen, der genauso war wie Pascal Wenger. Und wir nannten ihn auch den ›Miniprof‹.«

Damir grinste schief, als wäre er von Olafs Vorstellung nicht komplett überzeugt.

»Benjamin traute also Pascal Wenger zu, die Arbeit verkauft zu haben. Was ist Ihre Meinung dazu?«

»Natürlich kann es Pascal gewesen sein.« In die Arme des Studenten kam wieder Bewegung. »Er ist ja mit uns die Ergebnisse Schritt für Schritt durchgegangen. Er kannte jedes Detail, und er hatte Zugriff auf jede einzelne Datei.«

»Hatte sonst noch jemand Zugriff?«

Damir blickte Olaf ernst an. »Die wichtigsten Dateien waren in einem Unterverzeichnis, auf die außer Benjamin und mir nur noch eine weitere Person Zugriff hatte: Pascal Wenger.«

»Der ›Miniprof‹!« Aber das sagte Olaf nur in Gedanken.

22

Während der Unterhaltung mit dem Studenten hatte Olafs Handy mehrmals vibriert. Zurück im Auto sah er auf dem Display, dass der Virus ihm zwei neue Nachrichten geschickt hatte. Mit einem unguten Gefühl öffnete er die erste.

Ein Bericht über Klaus Schott. Er überflog den Text über den Onkel des Mordopfers nur kurz. Es wäre gewiss komfortabler gewesen, ihn am großen Bildschirm zu Hause zu lesen. Beim Querlesen erfuhr er, dass Schott einige Jahre im Gefängnis abgesessen hatte. Wegen Totschlags. Das passte nur zu gut ins Bild, das Olaf sich von dem Saufbold gemacht hatte. Wahrscheinlich konnte er sich glücklich schätzen, bei seiner kurzen Begegnung mit Schott keine Cognacflasche über den Schädel bekommen zu haben.

Das eigentlich Überraschende war, dass die Polizei begann, sich für Klaus Schott zu interessieren. Ermittelte sie nicht mehr bei den Inkassoleuten? Womöglich würden sie den Fall noch vor ihm aufklären.

Die zweite Nachricht des Virus enthielt die Aufzeichnung eines Telefonats. Der Virus sollte keine Telefongespräche mehr mitschneiden! Wie oft hatte er diese Funktion ausgestellt? Er fühlte sich unbehaglich, als er die Play-Taste drückte. Gespannt lauschte er auf das Freizeichen eines Telefonats, das am Abend zuvor um einundzwanzig Uhr achtzehn geführt worden war. Nach einer Weile meldete sich eine Stimme. Was sie sagte, war allerdings so kurz und undeutlich, dass Olaf die Worte nicht verstand. Der Mann schien zudem mit einem ausländischen Akzent zu sprechen, soviel glaubte er herausgehört zu haben.

»Hallo.« Die Stimme seines Sohns. »Ich hätte gerne einmal die Zweiunddreißig«, hörte er ihn sagen, »aber mit Zwiebeln ...«

Eine Pizzabestellung! Der Virus hatte ihm ein Telefonat zugespielt, in dem sein Sohn ein spätes Abendessen bestellte – wahrscheinlich am Ende eines überlangen Arbeitstages voller sinnloser Recherchen.

»Was kostet bei Ihnen eine Flasche Valpolicella?«

Das hatte Tobias früher nie gemacht! Würde der Stress mit den Kollegen seinen Sohn nun zum Alkohol treiben?

Olaf drehte den Zündschlüssel im Schloss und lauschte einen Moment lang dem Schnurren des Motors. Dann legte er den Gang ein. Er würde nachsehen, wie viel von dem Wein übrig war. Und er würde diesen Mordfall aufklären, aber in einer Art und Weise, dass Tobias förmlich über die Beweise stolpern musste. Tobias würde als der Super-Cop dastehen, der den Fall im Alleingang gelöst hat.

*

Als Olaf zu Hause als Erstes nach der Weinflasche suchte, kam er sich dann doch blöd vor. Die Flasche war noch gut gefüllt, und selbst wenn Tobias sie in einem Zug geleert hätte, würde ihn das nichts angehen. Er stellte den Wein zurück in den Küchenschrank. Sein Sohn hatte nie Probleme mit Alkohol gehabt. Dieser verdammte Job bei der Polizei war sein Problem, dieser Job, für den er einfach nicht geschaffen war. Ganz zu schweigen von dem Chef, der ihn tagtäglich drangsalierte.

Olaf musste bis zum frühen Abend warten, um mit Gottfried über den Fall zu chatten. Gegen sechs ließ er sich mit einem Kaffee an seinem Schreibtisch nieder und fuhr den Laptop hoch.

Gottfried saß nun im Flieger zurück nach Frankfurt. Er hatte immer Internet an Bord.

»Bist du da, Mister Stringer?«, gab Olaf in das Chat-Fenster ein.

Es dauerte einige Schlucke Kaffee, bis eine Antwort kam: »Ich schreibe dir mit vollem Munde.«

Aha. Gottfried war irgendwo über der Prärie am Frühstücken. »Was gibt es Leckeres in der Businessclass?«

Eine Minute darauf erschien ein Foto, auf dem ein Teller mit einem Brötchen sowie einem Ensemble aus rohem Schinken und Mortadella zu sehen war. Daneben stand ein Glas Sekt.

»Alkohol bei Darmkrebs?« Olaf löschte den Satz wieder und tippte stattdessen eine Zusammenfassung seines Besuchs am Physikalischen Institut ein.

»Endlich eine konkrete Spur!«, kam es aus dem Airbus zurück. »Phil sagt, dass in drei Fällen eine indische Uni wissenschaftliche Ergebnisse veröffentlichte, die man von Falkensteins Team erwartet hatte. Wir haben es ganz klar mit einem Datenleck zu tun.«

Einer dieser Fälle war gewiss Benjamins Doktorarbeit. »Ich würde Amok laufen, wenn ich meine Doktorarbeit geklaut bekäme«, tippte Olaf in das Chatfenster ein. Er konnte sich noch an den Stress mit seiner Diplomarbeit erinnern, auch wenn das alles einige Jahrzehnte zurücklag. Damals war er in einem wochenlangen Ausnahmezustand gewesen, in der es für ihn ausschließlich diese Arbeit gegeben hatte. Er war auf eine schlechte Note gefasst gewesen, auf keinen Fall aber darauf, dass sie, aus welchen Gründen auch immer, für ungültig erklärt werden könnte.

»Ich auch«, kam es von Gottfried zurück. Etwas dürftig. Bekam der Herr gerade Nachschlag serviert?

»Ich hätte nachgeforscht, wer dafür verantwortlich war«, kam es kurz darauf doch noch aus der Businessclass, »und den Verantwortlichen zur Rede gestellt.«

»Und genau das hat Benjamin getan«, tippte Olaf in die Tastatur, »was ihn das Leben gekostet hat.«

»Benjamins Mörder ist derjenige, der die Forschungsergebnisse verkauft«, erschien kurz darauf auf dem Bildschirm.

Genau dort mussten sie ansetzen. »Hat dein Spezi Phil eine Idee, wie die Inder an die Ergebnisse gekommen sein könnten?« Er ging in die Küche, um seine Kaffeetasse aufzufüllen. Ihr Fall hatte internationale Dimensionen angenommen. Gespannt kehrte er zu seinem Laptop im Wohnzimmer zurück. Er fand das Wort »Nein« auf dem Bildschirm vor. Enttäuschend und unmissverständlich. Wie sollten sie vorgehen, um dieses Datenleck aufzuklären?

Es erschien eine weitere Nachricht: »Wieso hat dir Sara Falkenstein verschwiegen, dass die Doktorarbeit nicht anerkannt wurde?«

Überrascht betrachtete er den Bildschirm. Ja, wieso eigentlich? Er hatte sie zu Benjamin befragt, sie hätte ihm das mit der Doktorarbeit sagen müssen. Wusste sie vielleicht gar nichts davon? Hatte sie nicht darüber sprechen wollen, um ihn sicher in ihr Bett zu bekommen? Wieso überhaupt war er von ihr so gezielt angebaggert worden? Ihm war klar, dass die Zeiten, in denen fremde Frauen ihm zugezwinkert hatten, einige Jahrzehnte zurücklagen. Bei Sara aber schien er eingeschlagen zu haben, als wäre er George Clooney persönlich.

»Bist du noch da?«, erschien auf dem Bildschirm. »Die Professorengattin weiß bestimmt über die Doktorarbeit Bescheid. Wieso hat sie dir nicht davon erzählt?«

Er sollte sie anrufen und fragen.

»Keine Ahnung.« Er betrachtete die eingegebene Antwort eine Weile, bevor er sie abschickte.

23

Sara ging bereits nach dem ersten Tuten ans Telefon.

»Sara Falkenstein.« Ihre Stimme verursachte bei ihm ein Kribbeln.

»Wieso hast du mir nichts von Benjamin Hoffmanns Doktorarbeit erzählt?«, kam Olaf gleich zur Sache.

»Aber das hatte ich doch vor.« Sie klang so nah, als würde sie in sein Ohr flüstern. »Aber du bist ja so überstürzt aufgebrochen.«

Das stimmte allerdings. Weil der Virus Amok gelaufen war. Nahm Sara ihm wirklich ab, er wäre zu einem dringenden Einsatz gerufen worden? Wie musste sein fluchtartiger Aufbruch auf sie gewirkt haben? Als ob er mit vollen Händen alles mitgenommen hätte, was er kriegen konnte, und dann schnell verschwunden wäre, bevor so etwas wie Smalltalk hätte aufkommen können?

»Was weißt du über Benjamins Doktorarbeit?«

»Das möchte ich nicht am Telefon erzählen.« Es schien, als hauchte sie in sein Ohr. »Komm morgen früh zu mir. Dann erzähle ich dir alles, was du wissen musst. Gereon wird morgen einen Vortrag halten und muss zeitig los.«

Er fühlte sich wie ein ausgehungerter Hund, dem ein Würstchen entgegengestreckt wird. So viel Verlockung für einen so alten Mann!

*

Gottfried las noch einmal seine Mail an Bob Gionfriddo durch, machte einige Korrekturen und schickte sie ab. Aufgrund des neuen Vertrags würden sie von nun an viel miteinander zu tun haben. Da war eine Einladung in den

Rheingau genau das Richtige. Er hatte bereits ein Hotel ins Auge gefasst, das dafür geeignet war.

Zuerst hatte es ihn geärgert, dass er nicht auf den Direktflug gebucht werden konnte. Die Lounge in Washington war aber entspannend gewesen und der Service auf dem neuen Flieger exzellent.

Die Flugbegleiterin fragte, ob er mehr Rotwein wünschte. »Nein. Bitte einen Orangensaft.« Er blickte eine Weile aus dem Fenster und sah der stetig dahinziehenden Landschaft unter ihm zu.

Der Schlüssel zu ihrem Fall war also das Datenleck. Das würde eine harte Nuss zu knacken sein. Ob dieser Pascal, der ›Miniprof‹, darin verwickelt war? Gewiss hatte Benjamin nachgeforscht, von wem seine Doktorarbeit verkauft worden war. Als er es herausfand, bot man ihm möglicherweise Geld für sein Schweigen an. Vielleicht versuchte er aber auch, den Verantwortlichen zu erpressen, er hatte ja Schulden. Dann wurde er an diesen dunklen Ort an der Nidda bestellt, wo er angeblich Geld erhalten sollte.

Olaf würde hoffentlich mehr in Erfahrung bringen, bei den hervorragenden Beziehungen zu Falkensteins Umfeld.

Gottfried nahm einen Schluck Orangensaft. Dann sah er wieder aus dem Fenster. Die Wolkendecke war größer geworden und bot nur noch wenige Löcher für einen Blick auf US-amerikanische Landschaften.

Diese Sara Falkenstein war ihm suspekt. Obwohl oder gerade weil Olaf sich im siebten erotischen Himmel herumtrieb. Das bot ihm allerdings beste Möglichkeiten, Hintergründe über den Verkauf von Benjamins Doktorarbeit in Erfahrung zu bringen.

Er selbst wollte sich sofort nach der Ankunft in Frankfurt den Onkel vorknöpfen, diesen Klaus Schott. Olaf hatte herausgefunden, dass der einen Groll gegen Falkenstein hegte. Es könnte aufschlussreich sein, den Grund hierfür zu erfahren.

Gleich würden die Flugbegleiter die Lichter für eine kurze Nachtruhe dimmen. Davor wollte er eine Mail an Manel Merino schreiben. Der war seit fünf Jahren Verkaufsleiter in Mumbai. Er betreute ganz Indien und war entsprechend vernetzt. Gut möglich, dass Manel von Instituten wusste, denen man den Ankauf fremder Forschungsergebnisse zutraute.

Er trank seinen Orangensaft aus. Die letzte Mail des Tages. Dann würde er die Augenmaske anlegen und sich im Schlaf nach Hause fliegen lassen.

24

Als Olaf sie in dem hautengen Kleid sah, wusste er sofort, dass er Sara nicht jetzt zu Benjamins Doktorarbeit befragen würde.

»Kommen Sie herein, Herr Privatdetektiv«, schnurrte sie. Sie lief ihm voran durch den pompösen Flur und schien ihre Wirkung auf Olaf zu genießen.

Es war neun Uhr morgens, trotzdem standen auf dem Couchtisch eine Flasche Sekt und zwei Gläser. Beim Eingießen warf sie ihm provozierende Blicke zu. »Lass uns nach nebenan gehen.« Sie machte eine Geste zu der Tür, hinter der er wenige Tage zuvor den besten Sex seit Jahren gehabt hatte. Es war nur zu offensichtlich, dass es eine Wiederholung geben würde. Er trank das Glas mit einem Zug zur Hälfte aus. An eine Doktorarbeit von irgendjemandem mochte er nicht denken.

Er wusste, wie Sara unter dem Kleid aussah.

*

Gottfried fühlte sich topfit, als er dem Taxifahrer die Adresse in Griesheim nannte. Der Schlaf im Flieger hatte ihm gutgetan, genauso wie der starke Kaffee kurz vor der Landung. Wie meistens auf Dienstreisen war er genau so lange in der fremden Zeitzone geblieben, wie sein Körper brauchte, sich anzupassen. Nun musste er sich wieder auf die Mitteleuropäische Zeit einstellen. *Kann die Erde nicht einfach eine Scheibe sein?*

Der Fahrer schien sich zu fragen, was der Typ in Anzug und Krawatte in einer so miesen Gegend verloren hatte, als er vor dem Gebäude hielt, in dem Klaus Schott wohnte. Gottfried bezahlte mit der zusammengefalteten 50-Euro-

Banknote, die er zwischen den Dollarscheinen fand, und bat um eine Quittung. Für einen kurzen Moment erblickte er im Rückspiegel sein Gesicht. Wie ausgemergelt er aussah, dabei empfand er einen großen Elan. Er fühlte sich in der richtigen Stimmung, einen Alkoholiker wie Klaus Schott zum Reden zu bringen. Natürlich hätte er nach der Ankunft in Frankfurt zunächst nach Hause fahren, duschen und vielleicht ein Weilchen schlafen können. Stattdessen trieb es ihn zu Schott, als ob er eine günstige Gelegenheit verpassen könnte.

Als er mit seinem Rollenkoffer vor dem Wohnblock stand, brachte er sich in Erinnerung, was Olaf über seine Begegnung mit Schott berichtet hatte: Alkoholiker, gewalttätig, aus unbekanntem Grund schlecht auf Falkenstein zu sprechen. Nicht gerade die besten Zutaten für ein anregendes Gespräch.

Die Haustür ließ sich ohne Mühe öffnen. Der Koffer war wegen der Weinflaschen, die er aus dem Napa Valley mitgebracht hatte, schwerer als gewohnt, und er musste bereits im ersten Stock verschnaufen. Als er schließlich Schotts Wohnungstür fand, war ihm schwindelig und er atmete schwer. Erst nach dem dritten Klingeln konnte er in der Wohnung eine Reaktion vernehmen.

»Jaja! Ich komm' ja schon!«, rief eine unfreundliche Stimme. Ein Schlüssel wurde geräuschvoll im Schloss gedreht. »Diese Säue. Immer gleich sturmschellen!«

Kurz darauf blickte Gottfried in das rote Gesicht eines Mannes, der sich offenkundig seine Gesundheit weggesoffen hatte.

»Wer bist du hässlicher Vogel!«, brüllte Schott.

Gottfried stellte sich vor. »Und Sie sehen ebenfalls scheiße aus, wenn ich mir die Bemerkung erlauben darf«, setzte er hinzu.

Schott stutzte, schien etwas Grobes erwidern zu wollen, sah dann aber sein Gegenüber nur erstaunt an.

»Ich bin gekommen, um mit Ihnen über Ihren Neffen Benjamin zu sprechen.«

»Die Sau!« Es kam wieder Leben in den Alkoholiker. »Der hat meine Bänder geklaut!«

»Genau darüber möchte ich mit Ihnen reden.«

Schott blickte ihn unverwandt an. »Du hast doch Krebs!«, rief er heftig. »So sieht kein normaler Mensch aus!« Er erging sich polternd über Gottfrieds Äußeres. Dabei schwankte er und kam ihm mehrmals gefährlich nahe. »Du bist doch bloß ein altes Klappergestell, schon mit einem Bein im Grab!«

»Dann haben wir ja Eines gemeinsam«, entgegnete Gottfried freundlich. »Sogar ein Blinder kann sehen, dass Ihre Leber aufgedunsen ist wie ein eingeweichtes Croissant.« Schott sah ihn entgeistert an. »Selbst wenn Sie noch heute mit dem Saufen aufhörten, wäre die Leberzirrhose nicht aufzuhalten.«

Schotts feindselige Körperhaltung fiel in sich zusammen. »Wir sind beide kaputte Wracks«, murmelte er. »Nur rein in die gute Stube.«

Auf dem Boden des winzigen Flurs lagen alte Zeitungen und leere Schnapsflaschen herum. Der Gestank in der Wohnung war unerträglich. In der Bude, die wohl das Wohn- und Schlafzimmer sein musste, riss Gottfried energisch das Fenster auf. »Hier stinkt es wie in einem Schweinestall!«

Schott machte eine gleichgültige Handbewegung und ließ sich ächzend auf einem Polstersessel voller Flecken nieder. Gottfried musste zunächst Werbeprospekte aus dem Weg räumen, bevor er sich auf den windschiefen Holzstuhl Schott gegenüber setzte. Er sagte einige Worte des Beileids zum Tod von Benjamin, aber Schott unterbrach ihn rüde: »Benjamin hat sich bei mir eingeschlichen, um meine Bänder zu klauen!«

»Was für Bänder? Tonbänder?«

Schott sah ihn wütend an. »Keine Tonbänder. Mein Werk! Das Wertvollste, was ich besessen habe!«

»Ihr Werk? Was ist das?«

Schotts gelbliche Augen weiteten sich: »Er hat mir das Wertvollste genommen: mein Werk! So viele Jahre habe ich es geschützt. So viele Umzüge hatte es hinter sich. Und dann kommt die Sau und nimmt es mir weg!«

Gottfried konnte sehen, dass der Mann nicht bloß unglaublich wütend war, sondern geradezu verzweifelt. Um was immer es sich bei diesem Werk handelte, es musste für Schott überaus kostbar sein.

»Was hatte Benjamin damit vor?«, versuchte er, aber Schott schien ihn gar nicht zu hören.

»Willst du verreisen?« Er deutete auf Gottfrieds Rollenkoffer neben dem wackeligen Stuhl.

»Ich komme gerade von einer Dienstreise aus San Francisco.«

»In diesem Zustand?« Schott schraubte mit fahrigen Bewegungen an einer Cognacflasche herum, die auf dem Couchtisch neben weiteren angebrochenen Flaschen und einer Ansammlung fleckiger Gläser stand.

»Auch Einen?«, fragte er, als er eines der Gläser bis zum Rand mit der bräunlichen Flüssigkeit füllte. Er machte eine abfällige Geste, als Gottfried verneinte.

»Heute würde ich nicht mehr reisen. Auch nicht auf die Philippinen.« Er nahm einen großen Schluck und stellte das Glas mit einem Knall auf dem Tisch ab. »Sechzehn Jahre Philippinen. So viel Sonne und so willige Frauen hast du noch nie gesehen! Und dann erstmal die Tauchschule.« Er nahm einen weiteren Schluck und behielt das Glas in der Hand. »Ja genau! Ich, Klaus Schott, hatte eine Tauchschule am White Beach. Der feinste Sand von ganz Mindoro. Und Tess, die hübscheste Frau des Landes. Eine tolle Frau. So etwas findest du nicht in Deutschland!«

»Wieso sind Sie nicht dortgeblieben?« Gottfried musste Schott von weiterem Schwadronieren abhalten. Der sah von seinem Glas auf, als wäre er gerade aus einem Traum erwacht.

»Die ist mit diesem Australier abgehauen«, zischte er gefährlich. »Diese Sau. Erst Tess, dann Benjamin, mein eigener Neffe!« Gottfried stellte fest, dass das Glas bereits zur Hälfte leergetrunken war. »Die Kunden blieben aus, als dieser Scheißitaliener seine Tauchschule direkt neben meiner aufmachte.«

Gottfried wusste nicht, ob ihn das alles interessieren sollte. Er musste Schott dazu bringen, ihm etwas Gehaltvolles zum Fall zu erzählen, bevor der Cognac ihn völlig aus dem Hier und Jetzt werfen würde.

»Hatten Sie Ihr Werk auf den Philippinen dabei?«

»In einem Schließfach.« Schott zeigte mit der Hand, die das Glas hielt, auf die Wand gegenüber, als ob dort ein solches wäre. »Zu kostbar. Auf den Philippinen kommt schnell was weg.« Er nahm einen weiteren großen Schluck.

»Und dann hat Benjamin Ihr Werk gestohlen.«

Wieder weiteten sich die gelblichen Augen. »Er hat es einfach mitgenommen, aber ich habe es ihm heimgezahlt, der Sau!« Wütend kippte er den restlichen Inhalt des Glases hinunter.

»Sie haben ihn dafür büßen lassen?«

»Er hat dafür bezahlt. Und ich gehe nicht auf seine Beerdigung. Niemand sollte auf seine Beerdigung gehen!« Schott schenkte sich umständlich nach. Dann füllte er eines der anderen Gläser auf dem Tisch und schob es zu Gottfried herüber. Der nahm es widerwillig in die Hand.

»Wir sind beide Wracks.« Schott prostete ihm mit einer ungelenken Geste zu. »Wracks müssen zusammenhalten.«

*

Als Saras Telefon einen angenehmen Singsang von sich gab, erwachte Olaf aus seinem erotischen Schlaraffenland.

»Mein Mann!« Sie klang verärgert. Er hörte sie eine Weile draußen im Wohnzimmer telefonieren, dann stand sie mit ernstem Gesicht im Türrahmen.

»Gereon hat zu Hause etwas vergessen. Er kommt nochmal zurück.«

»Wo soll ich mich verstecken?«, rief Olaf ironisch. »Im Kleiderschrank oder unter dem Bett?«

Sara lachte. »Du musst verschwinden. Er wird in etwa einer Stunde hier sein.«

Also keine Gefahr im Verzug. Er richtete das zerknüllte Kopfkissen und betrachtete Sara, die ihr Sektglas austrank. Sie war noch immer nackt – ein atemberaubender Anblick.

»Weiß dein Mann, was du zu Hause treibst, wenn er in der Arbeit ist?«

Sie setzte ein verruchtes Grinsen auf, wirkte aber sehr ernst, als sie sagte: »Gereon weiß Bescheid. Es gibt einige Regeln, an die ich mich halten muss: niemals im Ehebett, auf gar keinen Fall mit jemandem aus dem Freundeskreis oder dem Arbeitsumfeld, und er will keinen meiner Liebhaber zu Hause antreffen.«

»Der ›Miniprof‹ ist also tabu.« Er musste bei der Vorstellung schmunzeln, Sara könnte den klugscheißerischen Doktoranden vernaschen.

»Gereon würde mir die Hölle heißmachen, wenn ich mich mit einem vom Physikalischen Institut einließe.« Der Nachdruck, mit dem sie das sagte, überraschte ihn.

»Ich bin mir sicher, du würdest deinen Professor um den kleinen Finger wickeln«, sagte Olaf schmunzelnd.

»Mein Mann kann sehr strikt sein. Und er ist derjenige mit dem Geld.«

»Ihr habt Gütertrennung?«

Sie nickte. »All das Geld, das ich verprasse, gehört meinem Mann!«, rief sie überschwänglich. Sie grinste frivol, als sie sich Sekt nachfüllte. »Für dich auch noch ein Gläschen, bevor du gehst?«

»Gerne. Aber du musst dir etwas anziehen, sonst wirst du mich nicht los.«

25

Der ›Krumme Hund‹ war gerammelt voll, wie es Olaf unter der Woche noch nie erlebt hatte. »Was ist denn heute bei dir los?«, fragte er, als er sich auf einen Hocker am Tresen setzte.

Karin stellte ihm einen Sauergespritzten hin. »Goldene Hochzeit. Siebenundzwanzig Personen.« Sie rief etwas in Richtung Küche und war kurz darauf verschwunden.

»Heute wird unsere Karin reich wie Dagobert Duck.« Günther war plötzlich aufgetaucht. »Umsatz wie im ›Gemalten Haus‹.«

Olaf betrachtete die Feiergemeinde. Von Kindern bis zur ehrwürdigen Großtante schien alles zugegen zu sein. Ihm fiel ein Junge von vielleicht vier Jahren auf, der vor einem hohen, schlanken Glas herumzappelte.

»Ein Euro, dass das Glas in drei Minuten umfällt«, sagte er zu Günther.

Der blickte auf seine Uhr, dann zu dem lebhaften Jungen. »Das habe ich immer gehasst, als meine Kinder klein waren. Die Bedienungen stellen diese schlanken Gläser vor die Kinder, die umkippen, wenn man sie nur leicht antippt. Zwei Euro, dass es in *einer* Minute umfällt.«

»Ich bleibe bei drei.«

Noch bevor sich ihre Hände berührten, war ein lautes Geschrei zu vernehmen.

»Das war, bevor ich eingeschlagen habe«, sagte Olaf grinsend.

Am Tisch wurde aufgeregt mit Servietten hantiert. Karin kam mit einem Lappen vom Tresen hervor. Das Kind weinte um seinen Saft, und Günther lachte.

»Natürlich ist die Wette gültig, du Geizhals!«

»Die zwei Euro werde ich sinnvoller investieren, als sie dir in den Rachen zu schmeißen.«

Er wandte sich an Karin, die mit gestresster Miene an den Tresen zurückkehrte. »Mach dem kleinen Kerl einen Apfelsaft auf meine Rechnung, diesmal aber in einem Glas, das nicht umkippt, wenn man es schief anguckt.«

»Klugscheißer.« Sie zapfte ein Bier. Dann schenkte sie Apfelsaft in ein Whiskyglas und brachte es dem nörgelnden Kleinen an den Tisch. »Geht aufs Haus«, hörte Olaf sie sagen, als er Gottfried an der Tür erblickte. Der sah wieder aus wie der leibhaftige Tod.

Das schien auch der kleine Junge zu finden. »Mama, guck mal!«, schrie er durch den ›Krummen Hund‹, wobei er mit ausgestrecktem Arm auf Gottfried zeigte. Der hatte mittlerweile Olaf entdeckt und setzte sich in Richtung Tresen in Bewegung.

»Was ist mit dem eigentlich los?«, flüsterte Günther. »Ist er krank?«

»Gottfried, du siehst jeden Tag ein klein wenig beschissener aus«, rief Olaf seinem alten Freund zu.

»Danke für die herzliche Begrüßung.« Gottfried bestellte eine Apfelschorle.

»Wie war's in Ami-Land?«

»San Francisco ist nett. Wirklich nett. Nette Leute.« Gottfried zwinkerte ihm zu. »Das muss ich dir mal in aller Ruhe erzählen.«

»In San Francisco war ich 1994«, schaltete Günther sich sofort ein. »Ihr wisst schon, die Fußball-WM in den USA. Du warst hoffentlich in *Fisherman's Wharf* ...« Er zählte weitere Sehenswürdigkeiten auf, die Gottfried unbedingt gesehen haben sollte, sonst wäre er nicht wirklich in San Francisco gewesen, verlor allerdings wegen Gottfrieds einsilbiger Antworten bald das Interesse an einer weiteren Unterhaltung.

Als Karin einen freigewordenen Tisch für sie hatte, waren sie Günther fürs Erste los. Endlich konnten sie über den Fall reden.

»Du hast tatsächlich mit Schott gesprochen?« Olaf war beeindruckt. »Und er hat dich nicht mit einer seiner Cognacflaschen verprügeln wollen?«

»Man muss die Leute da abholen, wo sie sind.«

»Heißt das, du hast ihn unter den Tisch gesoffen?«

Gottfried lachte. »Wir haben den kleinsten gemeinsamen Nenner gefunden: Wir sind beide Wracks.«

»Wrack und Wrack gesellt sich gern!« *Nein. Das ist nicht wirklich witzig.* »Gottfried, hättest du am Freitag nicht zur Therapie gemusst?«

»Ich habe sie bloß um einige Tage verschoben«, sagte Gottfried. »Du brauchst dir keine Sorgen um mich zu machen.«

Er war zu einem Knochengerüst geschrumpft, aber er sollte sich keine Sorgen machen? »Wenn du nächste Woche nicht damit anfängst, prügle ich dich höchstpersönlich dorthin.«

Gottfried lachte. Dann beugte er sich nach vorne und sagte leise: »Du hast Klaus Schott erlebt: Er ist ein unberechenbarer Alkoholiker.«

Olaf nickte.

»Er redet von diesen Bändern, die ihm angeblich gestohlen wurden. Dabei soll es sich um das Original irgendeines Werks handeln, das er verfasst hat.«

»Ein Werk? Vielleicht ein Buch?«

»Was immer es ist, für Schott ist es das Allerwichtigste in seinem Leben. Er ist regelrecht besessen davon.« Er trank von seiner Schorle. »Als er nicht mehr aufhörte, von seinem Werk zu schwadronieren, weißt du, an wen er mich da erinnert hat?«

Olaf zuckte mit den Achseln.

»Wenn man in seinen Tiraden das Wort ›Werk‹ mit ›Schatz‹ ersetzt, dann klingt er wie *Gollum*.«

»*Gollum* vom ›Herrn der Ringe‹?«

Gottfried nickte. »Genau der.«

»*Mein Schatz*!« Olaf gelang eine gute Imitation des *Gollums* aus dem Film. »Er ist also völlig von diesem Werk besessen. Und Benjamin hat es angeblich geklaut.«

»Schott ist überzeugt davon. Mehrmals hat er gesagt, Benjamins Tod sei die gerechte Strafe für den Diebstahl.«

»Aber ist Schott dieser Mord zuzutrauen? Um zum Tatort zu gelangen, hätte er ein ganzes Stück zu Fuß gehen müssen. Könnte er das überhaupt schaffen?«

»Ich denke, Schott ist nicht zu kaputt, um von der nächstgelegenen Bushaltestelle bis dorthin zu laufen. Und ich bin sicher, dass ich keinen seiner Wutanfälle erleben möchte, wenn er dabei einen Knüppel in der Hand hat.«

Olaf lehnte sich in seinem Stuhl zurück. »Damit ist Klaus Schott unser Hauptverdächtiger Nummer eins.«

»Uns fehlen aber noch die Beweise.« Gottfried räumte sein Glas zur Seite, um Platz für das Essen zu machen, das Karin ihnen brachte.

»Hast du herausbekommen, was Schott gegen unseren Professor hat?«, fragte Olaf, während er das erste Stück Würstchen abschnitt.

»Schott kippte während des Gesprächs unglaubliche Mengen Cognac in sich hinein. Nach kurzer Zeit war nichts Substanzielles mehr von ihm zu erfahren.« Gottfried strich Senf auf ein Stück Fleisch. »Am Ende konnte er sich nur noch mühsam artikulieren. Das Wenige, was ich verstand, waren üble Verfluchungen seines Neffen und Lamentieren über den Verlust seines Werks.«

»*Mein Schatz*!« Wieder gelang Olaf die *Gollum*-Imitation leidlich gut.

Gottfried lachte. »Wir müssen uns was einfallen lassen, wie wir Schott zur Strecke bringen.«

»Wir sollten aber auch die anderen Spuren weiterverfolgen, wie etwa das Datenleck.«

Gottfried winkte ab. »Vielleicht hat es mit dem Mord zu tun. Für mich aber ist klar, dass Schott derjenige ist, der Benjamin ermordet hat. Er hat es praktisch zugegeben.«

»Im besoffenen Kopf«, wandte Olaf ein. »Ich würde Schott nicht einmal die Uhrzeit glauben, wenn er sie mir sagte.«

Er sah zu, wie Gottfried mit Mühe aber auch viel Genuss Fleisch und Sauerkraut herunterschluckte.

»Hast du die Professorengattin nach Benjamins Doktorarbeit befragt?«

Olaf fühlte sich wie ein Schuljunge, der ohne Hausaufgaben ertappt wurde. Als er nur vielsagend grinste, legte Gottfried sein Besteck neben den Teller.

»Olaf«, sagte er eindringlich, »du hast über die Frau die besten Connections in Falkensteins Umfeld. Sie weiß ganz gewiss etwas über das Datenleck und die Doktorarbeit.«

Olaf zuckte mit den Schultern. »Sara ist einfach der Hammer.«

Gottfried wandte sich wieder seinem Teller zu. »Du Vorstadtcasanova.«

»Großstadt.«

»Was?«

»Großstadtcasanova. Frankfurt ist keine Vorstadt.«

Gottfried schüttelte missbilligend den Kopf, dann widmete er sich wieder seinem Essen. »Wir brauchen eine Idee, wie wir Schott eine Falle stellen.«

Genau in diesem Augenblick vernahm Olaf ein lautes, unerwartetes »Papa!«. Als die Kinder klein gewesen waren, hatte es ihn stets amüsiert, wenn sich gleich mehrere Männer bei dem Wort ›Papa‹ umgedreht hatten – ihn selbst eingeschlossen. Papa war so etwas wie sein zweiter Name geworden, auf den er sofort reagierte, auch wenn es von anderen als seinen eigenen Kindern kam. Diesmal allerdings war es Tobias, der direkt am Tisch stand.

Ob er etwas von ihrem Gespräch mitbekommen hatte?

»Es gibt nichts Gescheites zu essen im Haus«, sagte er, während er einen Stuhl an den Tisch heranzog und sich setzte.

»Es sind noch Knäckebrot und Pflaumenmus da«, sagte Olaf mit einem schiefen Grinsen. Er tauschte einen kurzen Blick mit Gottfried aus, der sich wie er zu fragen schien, wie viel von ihrem Gespräch Tobias mitbekommen hatte. »Ich geb' dir ein Jägerschnitzel mit Pommes aus.«

Tobias lächelte. Das Veilchen am Auge, das noch vor wenigen Tagen sein Gesicht entstellt hatte, war kaum mehr zu erkennen. »Nein. Ich glaube eher, dass ich eine Runde Sekt schmeiße.«

»Gibt es etwas zu feiern?«

»Das erzähle ich gleich«, sagte Tobias beiläufig. Dann starrte er Gottfried eine Weile auf dieselbe Weise an, wie alle, die ihn längere Zeit nicht gesehen hatten. Der gab bereitwillig Auskunft über Darmkrebs und die bevorstehende Therapie.

Als Karin Tobias nach seiner Bestellung fragte, orderte er für jeden ein Glas Sekt.

»Jetzt erzähl schon, was feiern wir?«, fragte Olaf. So quietschfidel hatte er seinen Sohn schon lange nicht mehr erlebt. »Ihr habt doch nicht etwa euren Mörder gefangen?«

»Es ist etwas viel Besseres passiert.«

Beide, Olaf und Gottfried, rückten näher an ihn heran. Was konnte es für die Mordkommission Besseres geben, als die Überführung eines Mörders?

Tobias schien für einen Moment irritiert über so viel Aufmerksamkeit. »Papa, ich habe dir von meinem Chef erzählt, Holger.« Olaf nickte erwartungsfroh. »Wir hatten heute eine Befragung.«

»Ein Zeuge in deinem Mordfall?«

»Ich darf über meine Arbeit nicht sprechen, aber ja, es geht um einen Verwandten des Opfers aus meinem Fall.« Tobias wirkte, als müsste er ein Lachen unterdrücken. »Wir hatten zunächst versucht, ihn telefonisch zu befragen, später bei ihm zu Hause. Der Mann ist ein starker Alkoholiker.«

Karin brachte den Sekt, und sie stießen an als wäre Neujahr.

»Holger leitete die Befragung, als dieser Verwandte plötzlich und ohne Vorwarnung ...« Er begann zu lachen. »Der Typ begann plötzlich zu kotzen wie ein Reiher. Und das Beste war: Er kotzte direkt Holger an!« Feixend zählte er Kleidungsstücke und Körperstellen seines Chefs auf, die der Mann mit Erbrochenem besudelt hatte.

»Hat er bei all dem Reihern auch eine gehaltvolle Aussage gemacht?«, fragte Olaf und zwinkerte Gottfried zu.

»Papa, das darf ich als Polizist doch nicht erzählen!« Für einen Moment hatte er diesen vorwurfsvollen Blick. Dann grinste er wieder. »Der ist für den Fall sowieso völlig uninteressant. Dass er aber Holger vollgekotzt hat«, er hob feierlich sein Glas, »das war schon geil.«

Olaf liebte es, wenn sein Sohn so gut drauf war.

*

Sie konnten in Tobias' Gegenwart nicht über den Fall reden. Als der nach einem Teller Chicken Wings gut gelaunt den ›Krummen Hund‹ verlassen hatte, erzählten sie Günther, sie hätten eine Geschäftsidee zu besprechen. Dass zur gleichen Zeit Gottfrieds Handy klingelte und der begann, auf Spanisch etwas offenkundig sehr Wichtiges zu besprechen, machte die Sache glaubwürdig.

»Sie wollen, dass ich Montag in acht Tagen nach Mexiko komme«, sagte Gottfried kurz darauf. »An diesem Tag beginnt aber meine Therapie.«

»So, wie ich dich kenne, hüpfst du direkt nach der ersten Chemo in den Flieger und kommst unmittelbar vor dem darauffolgenden Termin zurück.«

Gottfried grinste. Ertappt, wie Olaf fand.

»Wie gehen wir nun weiter vor? Wir müssen dem versoffenen Onkel den Mord nachweisen.«

»Und genau das werden wir ausnutzen«, sagte Gottfried, »nämlich, dass er ein Säufer ist.«

»Wir wollen ihm die nötigen Fakten im Suff entlocken?«

Gottfried nickte. »Er darf nicht zu betrunken sein.«

»Wie willst du den Zeitpunkt abpassen, in dem er noch nicht zugedröhnt ist?«, sagte Olaf. »Ich nehme einmal an, dass *du* es bist, der zu Schott geht. Mit mir wird er nicht sprechen.«

»›Wrack und Wrack gesellt sich gern‹, hast du vorhin gesagt. Das ist meine Chance, mit ihm zu reden.«

Olaf spürte einen Stich in der Magengegend. Es gefiel ihm nicht, dass sein Freund den harten Spruch von vorher aufgegriffen hatte. Trotzdem war es genau das, was ihn an Schott herankommen ließ.

»Frag ihn ordentlich aus. Aber pass auf, dass er dich nicht vollkotzt!«

Beide lachten so laut, dass Günther vom Tresen her irritiert zu ihnen herübersah.

»Ich gehe also zu Klaus Schott«, sagte Gottfried. »Was wirst du tun?«

Olaf kam sofort Sara Falkenstein in den Sinn. Es war ein überaus anregender Gedanke, ihr erneut einen Besuch abzustatten, für ihren Fall war sie aber nicht mehr wichtig. »Ich setze mich nochmal mit Tabea in Verbindung. Du weißt schon: ›Freundschaft Plus‹. Vielleicht hat sie etwas über einen versoffenen Onkel gehört. Ich werde sie auch nach diesem Werk fragen. Möglicherweise weiß sie etwas darüber.«

26

Es war gewiss wegen Uwe und seiner verrückten Idee, die Band zusammenzubringen, dass Olaf im Keller nach der Gitarre kramte. Er musste sich an etlichen Kisten und einem alten Fahrrad vorbei wühlen, um den Gitarrenkoffer in die Hand zu bekommen. Der Koffer war von einer Staubschicht bedeckt, das Instrument darin aber in einwandfreiem Zustand.

Der erste Akkord, den Olaf oben im Wohnzimmer anschlug, klang schräg. Natürlich war die Gitarre verstimmt. Es stellte sich ein vertrautes Gefühl ein, als er an den Stimmwirbeln nach der richtigen Spannung suchte und den Tönen nachspürte. Nach einer Weile klangen die Akkorde harmonisch. Dann versuchte er sich an dem Intro von ›Wish You Were Here‹. Es wirkte etwas ungelenk, und er verspielte sich einige Male, aber er bekam es hin.

»Hey Papa! Richtig gut!« Tobias stand in der Tür.

»Das hättest du nicht gedacht«, flachste Olaf. »Dein Vater ist ein alter Rocker.«

»*So, so you think you can tell* ...« Tobias zeigte sich textsicher. Dass er das Lied überhaupt kannte! Er sang richtig gut, so gar nicht wie ein Polizist. »*Heaven from hell* ...« Olaf strengte sich nun besonders an, wollte seinem Sohn die richtigen Akkorde liefern, trotzdem verspielte er sich mehrmals. Als er mitten im Stück abbrach, klatschte Tobias Beifall. »Papa, du solltest auftreten. Das würde dir guttun.«

Olaf grinste. Sein Sohn glaubte, er müsste ihn dazu ermuntern, seine Zeit mit »etwas Sinnvollem« zu verbringen, statt, wie er es sah, am Computer zu versumpfen und in Bornheimer Kneipen herumzuhocken. Dass Olaf einen Handyvirus geschrieben hatte, im Begriff war, Tobias'

Mordfall zu lösen und noch dazu Sex mit einer atemberaubenden Schönheit hatte, war für seinen Sohn undenkbar.

»Vielleicht trete ich tatsächlich auf. Ein Freund will unsere Band von früher wieder zusammenbringen.«

Tobias grinste schief. Offenkundig ging ihm das dann doch zu weit. Sein Vater auf einer Bühne zusammen mit anderen Dickbäuchigen ›Highway To Hell‹ spielend, das konnte er sich nicht vorstellen – Olaf selbst ja auch nicht.

»Und du wirst unser Sänger!«, legte Olaf nach.

Tobias' Lachen kam aus tiefstem Herzen. So entspannt hatte ihn Olaf schon lange nicht mehr erlebt. Es bedurfte bloß einer Befragung, in der sein Chef vollgekotzt wurde, um das Wohlbefinden seines Sohnes zu steigern. Dieser verdammte Polizeiberuf war nichts für Tobias, aber es war unmöglich, ihm das auszureden. Wenn er damals Soziologie weiterstudiert hätte, wäre er gewiss glücklicher geworden.

»Du hängst den Job bei der Mordkommission an den Nagel und machst Karriere als Rocksänger.«

»Ganz gewiss!«, lachte Tobias. »Kannst du eigentlich auch ›Stairway To Heaven‹?«

27

»Ben hat tatsächlich von seinem Onkel erzählt.«

Olaf war froh, dass Tabea sich so kurzfristig nochmal mit ihm treffen konnte, noch dazu im ›Café Metropol‹, wo es *richtigen* Kaffee gab und der Kuchen wie von Oma gebacken schmeckte. Wahrscheinlich vermisste sie einen Spritzer ›Vanilla Flavor‹ in ihrem Latte Macchiato, aber so nah am Zeitgeist war das ›Metropol‹ glücklicherweise nicht.

»Er hatte seinen Onkel viele Jahre nicht gesehen und ihn erst vor wenigen Wochen wiedergetroffen.«

»Klaus war viele Jahre im Ausland«, sagte Olaf.

»Allerdings muss er alles andere als ein Lieblingsonkel gewesen sein. Ben sagte, er wäre ein Säufer und würde bei der geringsten Kleinigkeit völlig ausrasten.«

»Onkel Klaus macht es einem nicht leicht, ihn zu mögen.«

»Er muss aber auch viel Pech gehabt haben. Vielleicht hat ihn *das* in den Alkohol getrieben.«

»Die Tauchschule auf den Philippinen, die pleiteging?«

»Nein.« Sara blickte ihn irritiert an. »Als Student.«

»Klaus Schott hat studiert?«

»Physik. Genauso wie Ben. Wussten Sie das nicht?«

Schott ein Akademiker? Das war schwer zu glauben. »Was ist denn während seiner Studentenzeit passiert?«

»Ben versuchte, es aus seinem Onkel herauszubekommen. Er hat aber nur erfahren, dass er seine Doktorarbeit nicht veröffentlichen durfte.«

»Wie bitte? Genau das Gleiche, das Benjamin passiert ist!« Olaf war verblüfft. »Ist auch Klaus eine andere Uni zuvorgekommen?«

»Ben wollte es herausfinden.«

»Nach dreißig Jahren?«

Sara lächelte ihn an. »Ich weiß, das klingt verrückt.«

»Um was ging es in der Doktorarbeit?«

»Ben hat sie mir nie gezeigt.«

»Besaß er eine Kopie?« Irgendwo in Olafs Kopf zischte *Gollum*: »*Mein Schatz*!«

»Ben sagte, er hätte eine. Wahrscheinlich ist sie auf der Festplatte bei seinen Sachen für die Uni.« Sie sah ihn forschend an. »Glauben Sie, diese Doktorarbeit könnte etwas mit Bens Tod zu tun haben?«

Olaf rührte in seinem Cappuccino. »Man sollte der Sache nachgehen. Haben Sie Zugang zu Bens Laptop?«

»Natürlich nicht!« Sie klang beinahe entrüstet. »Er besaß übrigens zwei«, fügte sie hinzu. »Einen zum Spielen und einen zum Arbeiten.«

Die Polizei hatte den Spiele-Laptop aus der WG mitgenommen, wurde Olaf klar, gewiss in der Annahme, Benjamin besäße nur diesen einen. Olaf dagegen verfügte über Daten des Laptops, auf dem der Student die wirklich wichtigen Dinge erledigte. Vielleicht war ihm die Doktorarbeit in dem Wust von physikalischen Artikeln entgangen?

»Ich wollte mit Benjamins Doktorvater reden. Leider wurde ich von ihm abgewimmelt. Deshalb habe ich mit seiner Frau gesprochen.« Tabea blickte ihn sehr aufmerksam an. »Offenbar kennt sie das Team ihres Mannes sehr gut. Über Benjamin jedenfalls wusste sie sehr gut Bescheid.«

Tabea schmunzelte. »Natürlich kannte sie Benjamin. Sie sind mehrmals miteinander im Bett gewesen.«

Olaf merkte erst Sekunden später, dass ihm der Mund offenstand.

Tabea lachte. »Das ist okay. Wir hatten eine offene Beziehung.« Sie wurde plötzlich ernst. »Das bleibt natürlich unter uns.«

Olaf setzte seine Indianerehrenwortmiene auf. Was hatte Sara ihm über die Regeln erzählt, die sie gegenüber Falkenstein einhalten musste? Sie durfte auf keinen Fall etwas mit einem Mann aus dem beruflichen Umfeld des Professors anfangen. Genau dem aber war Benjamin zuzurechnen – ein wahrlich riskantes Spiel. Wenn es auffliegen würde, müsste sie ihren Reichtum und das sorgenfreie Leben aufgeben, denn das Vermögen gehörte dem Professor und der hatte dafür gesorgt, dass das im Falle einer Scheidung auch so bliebe. Sara musste Benjamin von dieser Regel erzählt und von ihm verlangt haben, dass ihre Stelldicheins diskret und geheim blieben. Ob sie von seinen Schulden wusste, die so immens waren, dass er sie als Doktorand unmöglich zurückzahlen konnte?

»Was Sie mir über Benjamin und Frau Falkenstein erzählt haben, bleibt selbstverständlich unter uns«, sagte Olaf mit Nachdruck.

*

Als Olaf nach Hause kam, startete er sofort den Laptop, schloss den USB-Stick mit den Daten von Benjamins Festplatte an und begann die Suche nach Schotts Doktorarbeit.

Als Erstes recherchierte er nach allen Dateitypen, die für eine Doktorarbeit infrage kamen. Es kam eine stattliche Anzahl Treffer zurück. Schier unmöglich, das alles zu sichten. Offenbar hatte Benjamin seine Festplatte mit Literatur aller Art zugeknallt. Zu Olafs Studentenzeit hätte das etlichen Regalmetern in der Unibibliothek entsprochen.

Er suchte nach dem Namen »Klaus Schott«, bekam nach einigen Minuten aber bloß null Treffer angezeigt. Mit so einfachen Hilfsmitteln würde er die Doktorarbeit also nicht finden.

Als Nächstes wiederholte er die erste Suche, wobei er diesmal die Systemverzeichnisse ausschloss. Hierfür bekam er noch immer eine dreistellige Anzahl Treffer zurück.

Sollte er jede dieser Dateien öffnen und hineinsehen? Die meisten lagen in dem Verzeichnis mit Namen »Uni«, das er bereits von seiner ersten Sichtung der Daten kannte. Unwahrscheinlich, dass dort Schotts Doktorarbeit lag.

Falls Benjamin sie wirklich an sich genommen hatte, dann befand sie sich vielleicht auf einem USB-Stick, möglicherweise auf einer CD, vielleicht existierte sie bloß auf einem Band aus den 80ern, für das es allenfalls in Museen noch Abspielgeräte gab.

Olaf ging in die Küche, um einen Kaffee aufzusetzen. Während die Maschine vor sich hin blubberte, öffnete er einige der Dateien. Es überraschte ihn nicht, dass keine von ihnen die gesuchte Doktorarbeit enthielt. Auch die Werkzeuge seiner ›Giftküche‹ würden ihn hier nicht weiterbringen, aber er konnte sich unmöglich jede einzelne Datei ansehen.

Er goss sich die Tasse voll und kehrte zurück an den Laptop. Vielleicht würde er irgendeinen Anhaltspunkt bekommen, wenn er sich durch Benjamins Dateiverzeichnisse klickte. Er entdeckte einen Ordner mit Fotos, dem Anschein nach Handybilder: Benjamin mit Freunden, sich wiederholende Posen vor wechselnden Kulissen. Auf einigen der Bilder strahlte Tabea in die Kamera. Er blätterte sich durch mehrere Bildschirmseiten mit Vorschaubildern, bis er eine Datei entdeckte, für die sein Grafikprogramm statt eines Miniaturbilds nur einen Fehler in Form eines roten X anzeigte. Bei dem Versuch, die Datei mit einem anderen Programm zu öffnen, weigerte sie sich hartnäckig, sich wie eine Bilddatei zu verhalten. Er spürte ein vertrautes Kribbeln, als er entdeckte, dass sie verschlüsselt war. Benjamin hatte eine Datei angelegt, sie mit einem Passwort vor unbefugtem Zugriff geschützt, als Grafikdatei getarnt und in einem Archiv mit Handyfotos versteckt.

Olaf würde herausbekommen, was sich in ihr verbarg. Der Passwort-Knacker aus seiner ›Giftküche‹ gab die geschätzte Verarbeitungszeit mit etwas mehr als vier Minuten an, Zeit genug, sich in der Küche einen weiteren Kaffee zu holen. Als Olaf wieder vor dem Bildschirm saß, war die Datei entschlüsselt. Es dauerte einige Sekunden, bis sie sich als Archiv offenbarte. Das erste Verzeichnis, das er anklickte, enthielt Bilddateien. Verblüfft sah er auf die Vorschaubilder. Es waren Fotos von nackten Frauen in aufreizenden Posen: Pornos. In anderen Verzeichnissen auf Benjamins Festplatte hatte er weit deftigere Grafiken als diese vorgefunden. Wieso hatte der Student diese Dateien so sorgfältig verschlüsselt und versteckt, während die anderen nicht nur bequem mit einem Doppelklick geöffnet werden konnten, sondern auch noch mit unverblümten Namen wie »Blowjob« darauf hinwiesen, was der Betrachter zu sehen bekäme?

Er öffnete die ersten Dateien. Eine blonde Frau, vielleicht Anfang zwanzig, posierte auf einem Bett, danach eine schwarzhaarige, dasselbe Bett. Er klickte die nächsten Bilder an: weitere Frauen, ähnliche Posen, wieder dieses Bett. Die Bilder mussten von demselben Fotografen stammen.

Nun bemerkte er das Regal, das auf beinahe allen Fotos am rechten Rand zu erkennen war. Man sah nur die beiden unteren Fächer. Plötzlich wurde ihm klar: Er kannte dieses Bett und das Regal. Beide standen in Benjamins WG-Zimmer. Die Bilder wurden von ihm selbst aufgenommen!

Er hatte den Gedanken noch nicht zu Ende gedacht, als Tabea ihn vom Bildschirm abenteuerlustig anlächelte: nackt, mit offenen Haaren und auf eine Weise in Szene gesetzt, die bei ihm ein unbehagliches Gefühl auslöste. Diese Fotos in den falschen Händen könnten verheerend sein! Mit wenigen Klicks wären sie im Internet, wo sie von anderen zigtausendfach kopiert und weitergeleitet werden könnten. Deshalb war es durchaus konsequent, sie mit einem Passwort vor dem Zugriff anderer zu schützen. Dennoch blieb da dieses Bauchgefühl, dass das verschlüsselte Archiv mehr zu bieten hatte, als bloß säuische Fotos. Wenn Benjamin eine solche Datei zwischen seinen Handybildern versteckte, könnte er dann nicht auch auf die Idee gekommen sein, die Doktorarbeit seines Onkels in einem Verzeichnis voller Pornobilder zu verbergen?

Er öffnete ein Unterverzeichnis, in dem er noch nicht gewesen war. Es enthielt Videos.

Uiuiui! Benjamin mit verschiedenen Damen in voller Aktion! Ob die wussten, dass die Handykamera lief und alles in kristallklaren Bits und Bytes aufzeichnete? Auf den Vorschaubildern erkannte er einige der Frauen wieder, die er zuvor auf den Fotos gesehen hatte. Auch Tabea. Er blätterte weiter, erhielt einen weiteren Bildschirm voller Miniaturbilder und stolperte regelrecht über die einzige PDF-Datei des Verzeichnisses. Statt eines Vorschaubilds wurde nur das Logo des PDF-Reader angezeigt, der prompt abstürzte, als er damit die Datei öffnen wollte.

Wieder eine verschlüsselte Datei? Es dauerte einen Moment, bis er herausfand, dass es ein weiteres Archiv war. Er musste nur die Dateierweiterung ändern. Dann extrahierte er die enthaltenen Dateien.

Enttäuscht blickte er auf den Bildschirm. Das Archiv enthielt nicht die erhoffte Doktorarbeit. Es waren abermals Pornos.

So ein Mist! Er klickte eine beliebige Datei an und war sogleich wie elektrisiert.

Die Frau in dem Video, die ausschweifenden Sex mit Benjamin hatte, war Sara Falkenstein.

28

Gottfried parkte seinen BMW in einer Seitenstraße. Die wenigen hundert Meter bis zu dem Haus, in dem Klaus Schott wohnte, wollte er zu Fuß gehen. Es war dieselbe Tageszeit wie bei seinem vorherigen Besuch. Bis Schott vor seinen Augen den Alkohol in sich hineingeschüttet hatte, war er leidlich ansprechbar gewesen, also standen die Chancen gut, dass das auch heute der Fall sein würde. Der Müll, den er gestern vor dem Wohnblock gesehen hatte, war von niemandem entfernt worden. Gottfried klingelte und ging ohne zu warten durch die Haustür, von der er wusste, dass sie nicht schloss. Ohne den schweren Koffer, den er beim ersten Mal bei sich gehabt hatte, meisterte er die Stufen beinahe beschwingt. Er war im ersten Stock angekommen, als sein Handy begann, die Melodie für externe Kunden zu spielen. Auf dem Display sah er den Namen »Carlos«. Der Area Manager für Spanien und Portugal.

»*Digame*«, meldete er sich auf Spanisch. Hoffentlich hatte der Anruf nicht zu bedeuten, dass er früher als vorgesehen nach Mexiko musste. Doktor Scharschmidt würde Schnappatmung bekommen, wenn er auch noch den neuen Termin für die Chemo canceln würde.

Im nächsten Augenblick fand er sich auf dem Boden wieder. Die rechte Schulter schmerzte, als hätte sie jemand mit einem Nagel durchbohrt. Durch das Treppenhaus schallte lautes Poltern. Er hatte für Sekundenbruchteile eine Gestalt gesehen. Mehr, als dass sie eine Sturmhaube trug, war nicht zu erkennen gewesen. Die tosenden Schritte entfernten sich mit großer Geschwindigkeit. Dann hallten sie einen Moment nur noch in Gottfrieds Kopf wider. Die Gestalt, die ihn umgerissen hatte, musste das Haus verlassen haben.

Gottfried klaubte benommen sein Handy vom Boden auf. »Ich rufe später zurück«, stöhnte er in Richtung Madrid. Er hielt sich die schmerzende Schulter. Hoffentlich war nichts gebrochen. Er umklammerte das Treppengeländer und richtete sich vorsichtig auf. Außer einem plötzlichen Schmerz in der Schläfe und dem schon bekannten Stechen in der Schulter geschah nichts Alarmierendes. Vor einer der Wohnungstüren erblickte er eine junge Frau. Sie schien mehr über Gottfrieds skeletthafte Erscheinung erschrocken als über den Tumult im Hausflur. Wahrscheinlich hatte sie gar nicht wahrgenommen, was passiert war.

»Guten Tag«, krächzte er, als er sich am Geländer die nächsten Stufen hochzog. Bevor er den Treppenabsatz erreicht hatte, hörte er sie die Tür schließen. Er schnaufte einige Male durch. Das Stechen im Kopf war beinahe abgeklungen. Nur in der Schulter blieb ein dumpfer Schmerz.

Er atmete schwer, als er Schotts Wohnung im dritten Stock erreichte. Die Tür stand so weit offen, dass sie einen Blick auf das Trümmerfeld im Flur bot. Wo zuvor leere Schnapsflaschen und Zeitungen herumgelegen hatten, schien nun auch noch der Inhalt von Schränken und Schubladen verstreut worden zu sein.

Er tat einige Schritte in die Wohnung.

»Herr Schott!«

Auf dem Boden erblickte er herausgerissene Regalbretter. Sogar die Deckenlampe lag zerschmettert auf dem Boden.

»Herr Schott!«

Er stieß die angelehnte Wohnzimmertür auf. Es erwartete ihn ein unfassbares Chaos. Jemand schien sämtliche Möbel zerlegt zu haben, an einigen Stellen war sogar die Tapete in Streifen heruntergerissen. Er erschrak, als er vor dem umgestoßenen Couchtisch eine reglose Gestalt erblickte. Vorsichtig stieg er über Scherben hinweg zu dem leblosen Körper. Weil der auf dem Bauch lag, war das Gesicht nicht zu sehen. Er bückte sich, wollte eine Hand ergreifen, um den Puls zu fühlen, hielt aber in der Bewegung inne, als er das Blut sah. Nun erkannte er auch Schotts Gesicht. Der Kopf lag auf der Seite. Die Augen waren grotesk geweitet und starrten an Gottfried vorbei ins Leere.

Er kniete vor einer Leiche. Vor einem Ermordeten. Er konnte nichts mehr für Schott tun. Stattdessen sollte er sich um sich selbst kümmern. Was würde er der Polizei auf die Frage antworten, was er in der Wohnung des Mordopfers zu suchen hatte? Beklommen sah er sich um. Hatte er etwas berührt? Gewiss nicht den Toten. Allenfalls hatte er mit den Füßen den einen oder anderen Gegenstand zur Seite geschoben.

Er suchte im Menü seines Smartphones nach der Option zur Rufnummernunterdrückung. Wenn er die 110 anrief, wollte er seine Identität genauso wenig preisgeben wie durch Fingerabdrücke oder DNA-Spuren am Tatort. Plötzlich erinnerte er sich daran, gelesen zu haben, dass beim Notruf immer die Nummer des Anrufers mitgeschickt wurde, gleich welche Option an einem Telefon eingestellt war. Er suchte mit den Augen das verwüstete Zimmer nach Schotts Telefon ab. Es dauerte Minuten, bis er es gefunden hatte. Bevor er es aufhob, breitete er ein T-Shirt darüber, das er vom Boden aufgelesen hatte. In wenigen Worten gab er die Adresse durch, an der die Polizei einen Ermordeten finden würde. Dabei bedeckte er mit dem Kleidungsstück auch das Mikrofon des Telefons, damit seine Stimme schwer zu erkennen wäre.

Er steckte Schotts T-Shirt in die Jackettasche, bevor er mit entschlossenen Schritten zurück ins Treppenhaus lief, bis ins Erdgeschoss hinunter und hinaus auf die von Sonnenlicht überflutete Straße. Er musste sich über seine Situation klarwerden. Sofort schoss ihm in den Kopf, dass er schon einmal in dieser Wohnung gewesen war. Was hatte er damals berührt? Dann fiel ihm das Glas mit dem scheußlichen Schnaps ein, den Schott ihm bei seinem ersten Besuch aufgedrängt hatte. Es war schwer zu glauben, dass der Alkoholiker es seit damals abgewaschen hätte.

Die Polizei würde in der Wohnung Gottfrieds Fingerabdrücke und DNA finden ...

29

Gottfried war auf dem Telefon nicht zu erreichen. Ob er noch mit Schott redete? Olaf schickte ihm eine Nachricht, in der er berichtete, was er über Sara und Benjamin herausgefunden hatte. Sogleich hörte er ihre Stimme in seinem Kopf, die Regeln: Auf keinen Fall durfte sie mit jemandem aus Falkensteins Umfeld ins Bett gehen, schon gar nicht mit einem seiner Doktoranden. Die Videos auf seiner Festplatte würden ihr nicht den Hauch einer Chance lassen, die Beziehung zu Benjamin abzustreiten oder auch nur herunterzuspielen. Ob sie von den Videos wusste? Wie würde sie in diesem Fall reagiert haben?

Er fuhr erschrocken zusammen. An das Weihnachtsgebimmel würde er sich nie gewöhnen. Schon mehrfach hatte er für den Virus einen angenehmeren Ton eingestellt. Wie von Geisterhand aber wurden seine Änderungen immer wieder auf das Glöckchen zurückgesetzt. Er musste unbedingt den Grund für die Alleingänge des Virus herausfinden. Fast unwillig öffnete er die Nachricht. Informationen zu einer Fahndung. Er las sie nur quer und hätte sie fast wieder geschlossen, weil sie nicht seinen Fall betrafen. Dann schoss ihm das Blut in den Kopf.

Ein gewisser Klaus Schott war ermordet worden. Jemand hatte den alten Säufer erstochen! Nun wurde nach einem Tatverdächtigen gefahndet. Olafs Unbehagen wurde größer, als er bei der Personenbeschreibung des Gesuchten angelangt war: »Circa ein Meter achtzig groß«, »Alter: Mitte fünfzig bis Anfang sechzig«, »Weißer Vollbart«, »Extrem dünn, von abgemagerter, knochiger Erscheinung«.

Er griff nach dem Telefon neben der Tastatur und wählte Gottfrieds Nummer. Weil nur die Mailbox antwortete, legte er wieder auf. Die Polizei fahndete nach Gottfried. Wieso hielt sie ausgerechnet ihn für den Mörder von Klaus Schott? Was auch immer vorgefallen war, Gottfried musste in der Nähe des Tatorts von jemandem gesehen worden sein, der ihn trefflich beschrieben hatte. Bei Gottfrieds derzeitiger körperlicher Verfassung war die Personenbeschreibung exakt wie ein Foto. Sollte er auf der Straße einem Polizisten begegnen, würde der ihn sofort festnehmen. In Olafs Kopf formte sich das Bild eines ausgemergelten Gottfrieds in einer Gefängniszelle.

Wahrscheinlich ließe sich die Polizei sehr rasch davon überzeugen, dass Gottfried nicht der Mörder war. Nicht zuletzt, weil Tobias ihn kannte. Die Vorstellung, was dann unausweichlich würde, verursachte einen Schmerz in der Magengegend. Tobias oder eher sein Chef Holger würden eine Erklärung dafür verlangen, warum Gottfried zur Zeit des Mordes am Tatort gewesen war. Irgendwann müsste der die heimlichen Ermittlungen im Fall Benjamin Hoffmann zugeben. Dann würde es nicht lange dauern, bis Olaf ins Spiel käme sowie ein gewisser Virus, der das Diensthandy des Polizisten ausspionierte, der Gottfried gerade verhörte. Eine Katastrophe für alle! Auch für Tobias, obwohl der gar nichts dafür konnte.

Sie alle würden im Knast landen. Olaf schnappte sich den Autoschlüssel und verließ eilig die Wohnung.

*

Auf dem Weg zum Auto rief Olaf mehrmals Gottfrieds Nummer an. Es meldete sich aber stets nur die Mailbox. Letztendlich sprach er doch darauf. Es war ein seltsames Gefühl, auf der Straße in Hörweite von Passanten einen Mordverdächtigen vor der Polizei zu warnen. Als er im Auto saß, verschickte er zusätzlich eine entsprechende Nachricht über den Messenger.

Dass Gottfried sich nicht rührte, war beängstigend. Olaf brach in Richtung Griesheim auf. Gottfried könnte noch in der Nähe von Schotts Wohnung sein. Vielleicht war er vor einer Polizeistreife in ein Haus geflüchtet und verbarg sich gerade in einer Kneipe oder in einem Laden. Über die Freisprechanlage rief Olaf bei Gottfried zu Hause an. Natürlich meldete sich niemand. Seine Frau war berufstätig, und warum sollte sie ausgerechnet jetzt und heute zu Hause sein?

An Schotts Wohnblock angekommen, kurvte Olaf durch die umliegenden Seitenstraßen, dann die große Hauptstraße entlang – von Gottfried keine Spur, auch nicht von seinem BMW.

Als plötzlich der Messenger einen Klingelton von sich gab, fuhr Olaf sofort rechts ran und brachte den Wagen zum Stehen. Eine Nachricht von Gottfried.

»Bin beim Vorstand.«

Ungläubig starrte er auf den Bildschirm. Dieser Wahnsinnige! Die Frankfurter Polizei war hinter ihm her, Olaf hatte halb Griesheim nach ihm abgesucht, aber Gottfried führte den Herrschaften vom Management Powerpoint-Folien vor. Trotzdem war Olaf erleichtert. Gottfried war nicht festgenommen worden. Auch versteckte er sich nicht in irgendeinem Erdloch. Wer in einem Meetingraum sitzt, läuft nicht aus Versehen einer Streife vor die Nase. Hoffentlich hatte der CEO ihm nicht über die Schulter gesehen, als er Olafs Nachricht gelesen hatte. Auf jeden Fall war Gottfried nun gewarnt und würde gewiss nicht auf die Idee kommen, auf der Straße herumzuspazieren.

Zurück in seiner Wohnung, musste Olaf zwei Stunden auf eine weitere Nachricht von Gottfried warten: »Um vierzehn Uhr im ›Fontana di Trevi‹.«

Gottfried verhielt sich keineswegs wie *Doktor Kimble auf der Flucht*, eher wie ein verfressener Abteilungsleiter eines DAX-Konzerns. »Du wirst von der Polizei gesucht«, schrieb Olaf zurück. »Wir sollten uns nicht in einem Restaurant treffen.«

Gottfrieds Antwort kam prompt: »Ich kann mit dem Auto direkt bis vor die Tür fahren. Die haben einen Kundenparkplatz.«

»Du spinnst!«, hatte Olaf bereits eingetippt, dann aber löschte er den Text wieder. Gottfried machte sowieso nur das, was er wollte.

*

Als Olaf das italienische Restaurant in der Nähe des Eschenheimer Tors betrat, entdeckte er ihn sofort an einem der eingedeckten Tische. Gottfried scherzte gerade mit dem schicken Kellner. Er winkte ihm fröhlich zu, als er Olaf bemerkte.

»Mann, weißt du, welche Sorgen ich mir wegen dir gemacht habe?« Olafs Frust wollte heraus. »Gerade wurde Schott erstochen, du wirst von der Polizei als Tatverdächtiger gesucht und schickst nicht einmal das kleinste Lebenszeichen! Stattdessen sitzt du in einem Konferenzraum und projizierst Schlipsträgern Tortendiagramme an die Wand.«

Gottfried blickte ihn lächelnd an. »Und ich freue mich auch, dich zu sehen«, erwiderte er.

Olaf verdrehte die Augen. Dann konnte er nicht anders: Er musste grinsen. Bei Gottfried war sowieso Hopfen und Malz verloren.

»Er wurde also erstochen. Das wusste ich noch nicht. Ich sah nur eine Leiche und Blut.« Gottfried holte hörbar Atem. »Dann lass dir einmal die komplette Geschichte erzählen.«

In knappen, präzisen Worten schilderte er, was in Schotts Haus vorgefallen war: der maskierte Unbekannte, der ihn umgerannt hatte, die Leiche, die Verwüstungen in Schotts

Wohnung und die Tatsache, dass dort Gottfrieds Fingerabdrücke und DNA zu finden waren.

»Du musst dringend für eine Weile von der Bildfläche verschwinden«, mahnte Olaf. »Sobald du von einem Polizisten erkannt und festgenommen wirst, weiß die Polizei, dass du in der Wohnung warst.«

Gottfried machte eine gleichgültige Handbewegung. »Ich fahre ausschließlich mit dem Auto und laufe nicht auf den Straßen herum.«

»Noch nie etwas von Verkehrskontrollen gehört?«, entgegnete Olaf.

»Ich pass auf mich auf«, stellte Gottfried klar. »Aber jetzt zurück zu unserem kriminalistischen Hobby: Ich bin überzeugt, dass derjenige, der mich im Treppenhaus umgerannt hat, unser Mörder ist.«

Olaf seufzte. »Oder die *Mörderin*.« Dann berichtete er, was er herausgefunden hatte. »Mit den Videos ist Sara erpressbar. Der Professor würde sie hinauswerfen, und sie stünde ohne Geld und Status da.«

»Ich wusste gleich, dass mit der Professorengattin etwas nicht stimmt.« Gottfried nahm einen großen Schluck von seiner Apfelschorle.

»Ich weiß: weil sie mit mir ins Bett gehüpft ist, obwohl ich dieses ...«, er sah an sich herunter, »kleine Bäuchlein habe.«

Gottfried lachte. »Sie könnte sich jeden Abend einen von den ›Chippendales‹ holen. Warum wollte sie ausgerechnet dich?«

»Wegen meines unwiderstehlichen Charmes?« Olaf grinste ironisch.

»Ich kann nachvollziehen, dass sie die Videos nicht veröffentlicht sehen will. Dass ihr Mann sie deshalb aber ohne Geld aus dem Haus jagen würde, erscheint mir fast schon archaisch. Immerhin leben wir im einundzwanzigsten Jahrhundert!«

»Der Professor hat einen Ehevertrag aufsetzen lassen, mit dem Sara im Falle einer Scheidung praktisch nichts bekommt«, erklärte Olaf. »Sie hat zwar ein tolles Leben, ist aber von ihrem Mann abhängig wie ein Hausmütterchen in den fünfziger Jahren.«

»Du hast mir aber auch erzählt«, wandte Gottfried ein, »dass sie nicht gerade zimperlich ist, wenn es darum geht, mit anderen Männern ins Bett zu gehen. Wie passt das zusammen?«

»Ihr Mann gestattet ihr diese Freiheiten, sie muss sich aber an seine Regeln halten. Eine der wichtigsten ist, sie darf sich niemals mit einem seiner Studenten einlassen.«

»Sie ist also tatsächlich von der Willkür ihres Mannes abhängig. Verrückt, dass sich jemand heutzutage auf so etwas einlässt«, sagte Gottfried erstaunt. »Die Videos sind für sie also nicht bloß gut für einen handfesten Skandal, sie würden sie mit Sicherheit finanziell und gesellschaftlich vernichten. Sara Falkenstein hat ein starkes Motiv. Sie ist unsere Mörderin.«

»Nehmen wir einmal an, Schott hätte Sara mit den Videos erpresst und wäre schließlich von ihr getötet worden. Dann könnte Schott aber immer noch seinen Neffen Benjamin wegen dieser geheimnisvollen Bänder umgebracht haben.«

»Ich glaube nicht an zwei Mörder. Benjamin versuchte, Sara zu erpressen. Nachdem er von ihr umgebracht worden war, versuchte es Schott. Oder sie hatten die Erpressung von Anfang an gemeinsam durchgezogen. Sara Falkenstein ist nun unsere Hauptverdächtige. Gewiss war sie es, die mich im Treppenhaus über den Haufen gerannt hat.«

»Wären ihr aber tatsächlich die beiden Morde zuzutrauen? Benjamin wurde mit einem Knüppel erschlagen, Schott erstochen. Das geht nur mit vollem Körpereinsatz. Es heißt doch, Frauen wären eher Giftmischerinnen.«

»Das war einmal. Heute gehen Frauen zum Kickboxen. Vielleicht hatte sie aber auch einen Helfer. Ich bin überzeugt, sie kann einen jungen Mann dazu bringen, für sie zu morden.«

Olaf verdrängte den Anblick einer nackten Sara aus seinem Kopf. »Schotts Wohnung wurde durchsucht. Was wollte sie finden? Benjamins Pornosammlung über sie?«

»Klaus Schott muss eine Kopie besessen haben, mit der er sie erpresste. Gewiss hatte sie die in der Wohnung gesucht und möglicherweise auch gefunden.«

Der Kellner war neben dem Tisch aufgetaucht und ordnete mit feierlicher Gelassenheit Besteck, eine Parmesandose und Teller voller Pasta an.

»Wir müssen Sara Falkenstein eine Falle stellen«, sagte Gottfried, als sie wieder unter sich waren, »und ich weiß auch schon, wie.«

30

»Spreche ich mit Sara Falkenstein?« Gottfried schloss die Bürotür ab.

»Am Apparat. Worum geht es?«

»Ich habe etwas, das Sie interessieren könnte.« Er gab sein Bestes, fies zu klingen. Wegen seiner hohen Stimme, die seit der Krankheit zu ihm gehörte, kam er aber ein wenig großväterlich rüber.

»Ich höre?« Sie wirkte genervt.

»Es gibt eine kleine Sammlung Videos, auf denen Sie zu sehen sind.«

Es entstand eine kurze Pause. Fast glaubte er, Sara Falkenstein nachdenken zu hören.

»Videos«, wiederholte sie schließlich.

»Genau. Und Sie teilen sich die Hauptrolle mit einem jungen Mann.«

»Mit welchem Mann?«, stieß sie hervor.

»Und ich muss sagen, Sie sind nackt noch hübscher als angezogen.« Die Rolle des Widerlings begann, ihm Spaß zu machen.

»Sie haben Pornos von mir?«

»So ein böses Wort! Ich würde da eher von kleinen Kunstwerken sprechen. Erstaunlich, was Mann und Frau miteinander tun können.«

»Mit welchem Mann?«, wiederholte sie die Frage von vorher.

»Ich kenne einige schmutzige Portale im Internet, in denen sich Sammler über das Material sehr freuen würden.«

»Bloß nicht!« Endlich wirkte sie besorgt.

»Man möchte sich nicht ausmalen, wie oft die Sachen dann kopiert und hin und hergeschickt würden und wo überall die Videos in den nächsten Jahren auftauchen könnten.«

»Ich habe verstanden. Was wollen Sie?«

»Gewiss werden Sie sich Ihren guten Ruf etwas kosten lassen.«

»Und dann löschen Sie die Daten?«

»Das wäre das Geschäft.«

Sie zögerte einen Moment. »Wie kann ich sicher sein, dass Sie nicht Kopien behalten und mich immer wieder damit zu erpressen versuchen?«

»Sie müssen mir vertrauen. Sie haben keine andere Wahl.«

Er hörte sie sarkastisch lachen. »Ihnen werde ich ganz gewiss nicht vertrauen. Und nun möchte ich wissen, wer der Mann in den Videos ist!«

»Wenn es zu unserem Geschäft kommt, erhalten Sie alle Datenträger, auf die das Material kopiert wurde, das sind ein USB-Stick und eine DVD. Die Kopien auf meinem Rechner werden zerstört.«

»Was ist mit den Originalkopien? Oder sind Sie ein Spanner und haben die Videos selbst aufgenommen?«

Doof war die Dame nicht. »Sie werden von mir nicht erfahren, wie ich zu dem Material gekommen bin. Ich bin aber der Einzige, der sie besitzt.«

»Das nehme ich Ihnen nicht ab.«

»Sie können glauben, was Sie wollen. Wenn Sie auf meine Forderungen nicht eingehen, werden einige höchst anregende Videos durchs Internet geistern.«

»Vielleicht ist das gar nicht mehr zu verhindern – selbst, wenn ich Ihnen Geld gebe.«

»Ich rate Ihnen, das Ganze nicht auf die leichte Schulter zu nehmen. Mit nur wenigen Klicks werden Sie für Jahre zum Sexobjekt einer geifernden Masse.«

»Wie ich sehe, hatten Sie bereits anregende Momente mit den Videos«, bemerkte sie spöttisch. »Mit wem bin ich darauf zu sehen?«

»Spielt das eine Rolle? Die Männer im Internet werden ausschließlich Sie anstarren.«

»Also wissen Sie gar nicht, wer es ist.«

»Ich weiß sehr wohl, mit wem Sie dort vögeln. Und dass Sie auf meine Forderung von fünfzigtausend Euro eingehen werden.«

»Fünfzigtausend!« Sie lachte. »Lieber lade ich selbst Sexvideos von mir ins Internet, als dass ich Ihnen so viel Geld in den Hintern blase.«

»Sie sind auf den Videos mit Benjamin Hoffmann zu sehen.« Er war auf ihre Reaktion gespannt, es kam aber keine. »Ich frage mich, wie Ihr Mann reagiert, wenn ihn seine Studenten auf die Videos aufmerksam machen.« Er glaubte, vom anderen Ende der Leitung einen unterdrückten Fluch zu hören. »Ich rufe Sie morgen wieder an, um die Übergabemodalitäten zu besprechen. Ich rate Ihnen, schon einmal bei Ihrer Bank vorbeizusehen.« Er hörte von ihr noch ein gepresstes »Okay«, dann legte er auf.

Er hatte keine Ahnung gehabt, was für ein fieser Arsch er sein konnte.

31

»Wie ist es gelaufen?« Mehrmals hatte Olaf versucht, Gottfried telefonisch zu erreichen, genauso oft über den Messenger und sich schließlich Sorgen gemacht, er könnte verhaftet worden sein. Nach Stunden endlich hatte er die magere Antwort erhalten, Gottfried sei momentan bei den Juristen. Es war bereits nach sechs Uhr, als er endlich anrief.

»Es lief sehr gut.« Gottfried gab eine kurze Zusammenfassung seines Telefongesprächs mit Sara. »Die Dame dürfte nun ziemlich aufgescheucht sein.«

»Als Nächstes müssen wir die vermeintliche Übergabe planen. Bist du dir auch wirklich sicher, dass du das durchziehen willst?«

»Es war schon immer mein Traum, den Lockvogel für eine Mörderin zu spielen.«

Für einen Moment war Olaf nicht klar, was ihn mehr beunruhigte: dass Gottfried sich in Lebensgefahr begab oder dass Sara zwei Menschen getötet hatte.

»Was machen wir, wenn sie statt mit Mordabsichten tatsächlich mit einem Koffer voll Geld kommt?«, fragte er.

»Fünfzigtausend Euro! Wie soll sie so viel Geld auftreiben, ohne dass der Professor es mitbekommt und Fragen stellt?«

»Die Falkensteins sind reich wie Dagobert Duck. Du solltest einmal ihr Haus sehen. Es würde mich nicht wundern, wenn sie im Küchenschrank ein Sparschwein voller Hunderteuroscheine hätten.«

Er hörte Gottfrieds hohes Lachen. »Auch falls sie tatsächlich auf irgendeinem Weg heimlich Fünfzigtausend besorgen könnte, was ich nicht glaube, kann ich nicht plötzlich einen höheren Betrag verlangen. Das passt nicht zu meiner Rolle des fiesen Gelegenheitserpressers. Sie wird auf jeden Fall versuchen, mich umzubringen.«

Olaf hatte Mühe, sich auf den Gedanken einzulassen. »Und ich soll wie *Superman* aus einer Ecke springen, um sie daran zu hindern?«

»Exakt. Wir nehmen das Ganze mit zwei Kameras auf.«

»Was, wenn ich zu spät komme?«

»Das wird nicht passieren. Ich habe mir den Rohbau noch einmal angesehen. Um zum Treffpunkt zu gelangen, muss sie durch einen langen Flur gehen. Ich warte in einem Raum auf sie, von dem ein Badezimmer abgeht. Da kannst du dich verstecken und innerhalb einer Sekunde eingreifen.«

»Ich bedanke mich für Ihr Vertrauen«, sagte Olaf sarkastisch.

»Keine Sorge, das klappt!«

»Sagen wir einmal, es funktioniert. Ich komme mit einem *Superman*-Cape aus einem dunklen Loch gesprungen, nutze das Überraschungsmoment und überwältige Sara. Was machen wir dann als Nächstes?«

»Dann fesseln wir sie, geben Tobias einen anonymen Tipp und verschicken zusätzlich das Video mit dem Mordversuch.«

»Und wie sollen wir erklären, weshalb wir überhaupt in den beiden Mordfällen ermitteln? Ganz zu schweigen von der Tatsache, dass wir diese Sexvideos haben.«

»In dem Video mit dem Mordversuch müssen bloß unsere Stimmen verfremdet werden. Das kriegst du bestimmt hin, Olaf. Und damit man unsere Gesichter nicht sieht, tragen wir Skimasken. Dann sind wir auf den Videos nicht zu erkennen, und wir können Tobias unsere Beweise völlig anonym übergeben.«

»Ich bin noch nie Ski gefahren. Ich habe so ein Ding nicht.«

»Olaf, dann kauf dir eine.«

*

Olaf fragte sich, ob er wirklich zum entschlossenen Retter taugte, als er das Gespräch beendete. Gottfried spielte ein wahrhaft riskantes Spiel. Sara könnte mit einer Waffe auftauchen, vielleicht mit einer Pistole. Dann wäre Olafs Rolle bei der fingierten Übergabe alles andere als heldenhaft. Sara würde Gottfried über den Haufen schießen und anschließend ihn, sobald sie ihn in seinem Versteck entdeckte hätte.

Er suchte den Kühlschrank nach etwas Nahrhaftem ab, fand aber nur eine leere Käsepackung: ein klarer Fall für ein Abendessen im ›Krummen Hund‹. Er dachte an Sara, als er die Jacke anzog. Sie war eine Superfrau – oder bloß hochgradig manipulativ? Wie ein Häschen hatte er ihr aus der Hand gefressen. Dabei war sie gefährlich. Den Studenten hatte sie nachts an die Nidda gelockt, um ihn zu erschlagen, vermutlich mit einem Knüppel. Schott hatte sie mit einem Messer erstochen. Für den vermeintlichen Erpresser Gottfried würde sie sich ebenfalls etwas ausdenken, um ihn aus dem Weg zu räumen. Er musste bewaffnet sein, wenn er auf der Lauer lag. Mindestens einen Schlagstock oder ein Messer brauchte er. Brutale, archaische Vorstellungen gingen ihm durch den Kopf, als er die Wohnungstür abschloss, doch sie verschwanden so schnell, wie sie gekommen waren. Er wusste, dass er niemals auf Sara einschlagen oder sie gar mit einem Messer attackieren könnte.

Sara war eine tolle Frau.

32

Olaf saß mit Günther vor einem Sauergespritzten, als das Handy klingelte. Er stoppte Günther, der sich gerade über den letzten Sieg der Eintracht über die Bayern ausließ, mit einer entschuldigenden Geste, während er das Telefon aus der Jackentasche zog. Keine Nummer aus seinem Telefonbuch. Hoffentlich hatte der Anruf nicht zu bedeuten, dass Gottfried in einer Gefängniszelle saß, dachte er, als er das Gespräch annahm.

Die säuselnde Stimme aus dem Hörer ließ ihn zusammenfahren. Sara!

»Mir fehlt männliche Gesellschaft, Herr Privatdetektiv.«

Sie klang unglaublich verführerisch. Am liebsten wäre er sofort ins Auto gestürzt, um zu ihr zu fahren. Wenn da nicht dieses kleine Problem gewesen wäre, dass Sara eine Mörderin war.

»Gereon arbeitet heute länger. Er kommt frühestens um elf«, hauchte sie verheißungsvoll.

»Du beschäftigst dich ja nur noch mit diesem blöden Handy!«, brummte Günther, bevor er mit einem Achselzucken in Richtung Tresen ging. Olaf sah ihm irritiert hinterher.

»Ich habe heute Abend überhaupt keine Zeit.« Er versuchte, glaubhaft zu klingen. Eine unvorstellbar heiße Frau rief ihn in ihr Bett, und er schlug das Angebot aus!

»Ich liege auf dem Sofa und habe nichts an«, kam es aus dem Hörer. In Olafs Kopf formte sich ein unwiderstehliches Bild. Es erschien ihm geradezu unmöglich, dieser Frau nicht zu verfallen. Dabei war sie eine Doppelmörderin. Es konnte kein Zufall sein, schon gar nicht sein Charme, dass er in ihrem Bett gewesen war. Sie hielt ihn ja für einen Privatdetektiv, der Ermittlungen im Mordfall Benjamin Hoffmann anstellte. Sie erhoffte sich, Informationen darüber zu erhalten, was er herausgefunden hatte. Gewiss beabsichtigte sie auch, ihn mit gezielten Hinweisen auf eine falsche Fährte zu lenken, weg von sich selbst.

»Ich kann leider wirklich nicht.« Er musste nicht schauspielern, um enttäuscht zu klingen.

Sie schien für einen Moment überrascht, als hätte sie nicht mit so viel Widerstand gerechnet. »Wir warten auf die nächste Gelegenheit«, sagte sie schließlich. »Gereon ist derzeit selten zu Hause.« Sie legte auf.

»Du siehst aus, als hätte dich der Schlag getroffen!« Günther stand neben ihm. »Schlimme Nachrichten?«

Das Bild von Sara begann in Olafs Kopf zu verblassen. »Das war meine Wahrsagerin«, murmelte er düster. »Die Eintracht steigt nächste Saison ab.«

*

Gottfried beabsichtigte, Sara Falkenstein zwischen dem Abteilungsmeeting und dem Essen mit den Sales-Leuten anzurufen. Carsten, einer seiner Teamleiter, hatte ihn hartnäckig mit einem Problem in Beschlag genommen. Gottfried war zwar froh, dass die Kollegen keine falsch verstandene Rücksicht auf seine Krankheit nahmen, aber auch glücklich, als er endlich die Tür in seinem Büro abschließen und sich am Schreibtisch niederlassen konnte. Er hatte sich Notizen zum Treffpunkt für die angebliche Übergabe gemacht, um ganz sicher nichts zu vergessen. Gerade, als er die Rufnummernunterdrückung einschaltete, begann sein Handy zu vibrieren. Doktor Scharschmidt.

»Ich möchte nochmal an den ersten Termin für die Chemotherapie erinnern.« Der Doktor persönlich.

»Ich habe den Termin bestätigt. Wann war er doch gleich?«

»Nächste Woche Montag. Verschieben Sie den nicht auch wieder!«

»Ich werde selbstverständlich kommen.« Als er auflegte, fiel ihm ein, dass er auf diesen Tag das Meeting mit den Marketing-Leuten gelegt hatte. Er durfte nicht vergessen, es umzuplanen.

Ein Blick auf die Uhr verriet ihm, dass es höchste Zeit war. Er wählte Sara Falkensteins Nummer. Gespannt lauschte er auf das Freizeichen.

»Ein Gespräch mit unterdrückter Rufnummer«, hörte er kurz darauf. »Das muss *Mister X* sein.«

Sie klang sehr forsch für eine Frau, deren bürgerliche Existenz auf dem Spiel stand. Vielleicht war sie nicht alleine, sondern hatte einen Helfer an ihrer Seite, einen ihrer jungen Liebhaber, der alle ihre Wünsche für sie in die Tat umsetzen würde.

»Haben Sie das Geld?«

Sie zögerte einen Moment. »Wo soll ich in so kurzer Zeit fünfzigtausend Euro hernehmen?«

»Sie werden Mittel und Wege finden«, spielte Gottfried den Erbarmungslosen. »Ich teile Ihnen nun Uhrzeit und Ort für die Übergabe mit.«

»Augenblick. Ich hole etwas zu schreiben.«

Er hörte durchs Telefon rumpelnde Geräusche, als durchwühlte die Professorengattin eine Schublade voller Büromaterial. Sie tat gerade so, als würden sie sich zum Kaffee verabreden. »Haben Sie endlich Stift und Papier? Ich erwarte Sie morgen Abend um dreiundzwanzig Uhr an der Baustelle in der Kollwitzstraße. Warten Sie dort auf weitere telefonische Instruktionen.«

»Kollwitzstraße. Wo genau ist das?«

»Fragen Sie Google, und bringen Sie das Geld mit.«

»Ich kann unmöglich bis morgen so viel Geld beschaffen.«

»Wenn Sie es nicht mitbringen, landen die Sexvideos sofort im Internet.«

»Hm ...«, sie zögerte. »Ich könnte selbstverständlich das Geld einfach abheben. Das Problem ist mein Mann. Ein so hoher Betrag muss ihm auffallen, und er würde fragen, wofür die Fünfzigtausend gedacht sind.«

»Das ist Ihr Problem, das Sie selbst lösen müssen.«

»Ich könnte ihm keine bessere Geschichte glaubhaft machen, als dass ich erpresst würde, und bald darauf hätte er erfahren, mit wem ich ihn betrogen habe.«

Das hatten Olaf und er genauso eingeschätzt, allerdings nicht, dass sie das ihm gegenüber zugeben würde. Beabsichtigte sie, den Preis zu drücken?

»Wenn ich zahle, kommt mein Mann also dahinter, mit wem ich im Bett war. Deshalb macht es für mich überhaupt keinen Sinn, Ihnen Geld zu geben.«

Da lag Frau Falkenstein natürlich richtig, und das war der Grund, weshalb sie versuchen würde, ihn umzubringen. »Ich lasse nicht mit mir verhandeln.«

»Ich mache Ihnen einen Vorschlag. Ganz gleich, wie Sie an die Videos gekommen sind, Sie wissen, dass es mir erheblich schadet, wenn sie veröffentlicht werden.«

Er lauschte gespannt. Was hatte Sie vor?

»Deshalb biete ich Ihnen etwas an, das Sie weder mit den Videos, noch für fünfzigtausend Euro bekämen.«

Sie machte eine kurze Pause.

»Mich. Wir können uns mehrmals im Monat in einem Hotel treffen. Das Zimmer zahle ich. Sie wissen ja von den Videos, was Sie bekommen.«

Er bemerkte nicht, dass ihm die Kinnlade herunterklappte.

»Gerne auch etwas mehr«, fügte sie mit verlockendem Unterton hinzu. »Was halten Sie davon?«

33

Olaf traf sich mit Uwe in der ›Weißen Lilie‹ auf der Berger Straße. Was seine Mordermittlungen anbelangte, konnte er sich so etwas wie einen Sonderurlaub leisten. Nun war Sara im Zugzwang. Seit dem Telefonat mit Gottfried plante sie gewiss ihre nächsten Schritte. Die angebliche Übergabe sollte morgen stattfinden, und bis dahin gab es für sie beide praktisch nichts zu tun.

Es war gut, dass Gottfried wieder in seine Arbeit untertauchte. Im Büro konnte er keinem Polizisten über den Weg laufen. Erst wenige Minuten zuvor hatte Olaf vom Virus ein Dokument erhalten, aus dem hervorging, dass die Polizei noch immer nach einem spindeldürren Mann mit dem Aussehen eines Skeletts fahndete, auch wenn das in weitaus nüchterneren Worten ausgedrückt wurde.

Gleich nachdem sie sich begrüßt hatten, fing Uwe wie erwartet mit der Band an. Olaf wollte sich aber nicht weichkochen lassen. Noch nicht. Er musste erst eine Mörderin fangen, bevor er den Hardrocker geben würde. Natürlich sagte er das Uwe nicht so.

»Mein Traum ist es, auf einer Bühne mit BHs beworfen zu werden.«

Uwe lachte gackernd. »Genau das werden wir dir bieten, wenn du mitmachst!«

Eine junge Kellnerin mit Piercing im Nasenflügel brachte das Essen. Sein ›Pollo al Jerez‹ roch wundervoll. Auch während sie aßen, war Uwe nicht davon abzubringen, über die Band zu schwadronieren. Erst als ihn jemand von einem der anderen Tische her ansprach, schien der Moment für einen Themenwechsel gekommen. Thomas, ein früherer Bekannter von Uwe, wie sich herausstellte, setzte sich auf den freien Stuhl an ihrem Tisch. Offenbar hatten sie sich seit Jahren nicht gesehen gehabt. Verblüfft über das unverhoffte Zusammentreffen begannen die beiden, sich über längst vergangene Gemeinsamkeiten auszutauschen. Olaf aß dabei weiter das ›Pollo‹ und hing seinen eigenen Gedanken nach. Wie so oft in den letzten Tagen, kam ihm sogleich Sara in den Sinn. Es war nicht Sara, die Mörderin, sondern Sara, die unglaublich scharfe Frau. Konnte beides zusammenpassen?

Als unerwartet das Wort ›Physik‹ fiel, platzte er in die Unterhaltung hinein: »Bist du Physiker?«

»Ich habe das studiert«, bekam er zur Antwort, »arbeite aber in der IT.«

»Hast du in Frankfurt studiert? Dann kennst du vielleicht Gereon Falkenstein«, versuchte Olaf.

»Leider. Ich hoffe, du bist mit dem Typen nicht verwandt oder verschwägert.«

»Ich weiß über ihn nur, dass er eine große Nummer an der Uni ist.«

»Wir waren damals in derselben Arbeitsgruppe. Und er ist ein arroganter Arsch.«

Olaf lachte. »Kennst du noch Leute von damals?«

»Ich war einige Jahre in den Staaten und habe dadurch die meisten Kontakte verloren. An einige kann ich mich aber erinnern.« Thomas begann Namen aufzuzählen. Als er »Klaus Schott« sagte, stoppte Olaf ihn entgeistert.

»Klaus Schott und Falkenstein waren beide in dieser Arbeitsgruppe?«

»Den kennst du auch?«, fragte Thomas verblüfft.

»Den kannte ich damals um ein paar Ecken herum«, log Olaf. »Was wurde aus Klaus Schott?« Dass der am Tag zuvor ermordet worden war, behielt er für sich.

»Das ist eine seltsame Geschichte. Klaus war einer der Leistungsträger der Arbeitsgruppe, ein wirklich kompetenter Mann. Aber als er die Doktorarbeit fertig hatte, verabschiedete er sich auf Nimmerwiedersehen – von einem Tag auf den anderen.«

»Klaus Schott schmiss einfach hin?«

»Es gab Gerüchte, er wäre zu einem Haufen Geld gekommen, vielleicht eine Erbschaft.«

»Was hat er dann gemacht?«

»Angeblich wäre er auf Reisen gegangen, hätte auf den Philippinen und in Thailand gelebt.«

»Oh, là, là!« Uwe hatte auf ein Stichwort gewartet, um sich in die Unterhaltung einzuschalten. Nicht wirklich elegant leitete er zu seinem Lieblingsthema, die Band, über. Als er das Bild einer Schar kreischender Thailänderinnen samt auf die Bühne fliegender Damenunterwäsche zeichnete, nahm Olaf einen großen Schluck Bier. Die neuen Informationen mussten verdaut werden. Klaus Schott war also ein vielversprechender Physiker unmittelbar vor der Promotion gewesen. Dabei hatte er in derselben Arbeitsgruppe geforscht wie Gereon Falkenstein. Dann gab es noch diesen Umstand, dass beide, Onkel und Neffe, unmittelbar vor einem aussichtsreichen Abschluss gestanden, aber die Promotion nicht abgeschlossen hatten.

Olaf hob sein Bierglas in die Richtung der Bedienung, bis sie verstand, dass er ein weiteres wollte. Dann trank er das halbvolle Glas in einem Zug aus.

34

Olaf wollte schnellstmöglich zu seinem Schreibtisch. Die Wohnungstür war nicht abgeschlossen, und im Flur roch es nach gebackener Tiefkühlpizza.

»Hallo Tobias!«

Sein Sohn saß auf dem Wohnzimmersofa. Die Beine hatte er auf dem Couchtisch ausgestreckt. Auf dem Bauch balancierte er einen Teller mit Pizzaresten. Er grüßte müde zurück, blickte aber gleich wieder auf den Fernseher.

»Der Tag war wohl stressig.«

Tobias nickte kauend mit einer Das-kannst-du-aber-laut-sagen-Miene.

»Was machen deine Mörder?«

»Arbeit.«

Mehr Smalltalk war aus seinem Sohn offenbar nicht herauszubekommen. Als Olaf auf sein Arbeitszimmer zusteuerte, fragte Tobias plötzlich: »Was treibst du eigentlich die ganze Zeit am Computer?«

Was würdest du tun, wenn du das wirklich wüsstest? »Pornos gucken«, gab er zur Antwort. Er musste lachen, als er in Tobias' forschendes Gesicht sah.

Im Arbeitszimmer startete er sofort den Rechner. Es gab einige Benachrichtigungen vom Virus, aber die hatte er bereits auf dem Smartphone gesehen. Offenbar war der sehr aktiv gewesen, und nun lagen neue Dokumente auf dem Server. Darum würde er sich später kümmern. Jetzt wollte er Schotts Doktorarbeit finden. Ihm war eine neue Idee gekommen, wie er vorgehen könnte.

Um auf dem Laptop Dateien von einem Magnetband einzulesen, bräuchte man eine externe Hardware. Auch für den Fall, dass Schott die Doktorarbeit auf eine Diskette kopiert hätte, einst ein gängiges Speichermedium, auf dem nicht einmal ein normales Handyfoto Platz fände, würde man heute ein zusätzliches Gerät benötigen. Folglich war es wahrscheinlich, dass Benjamin zum Kopieren der Doktorarbeit eine externe Hardware an seinen Laptop angeschlossen hatte. Die so eingelesene Datei mochte noch irgendwo auf der Festplatte liegen, war für Olaf aber äußerst schwer zu finden. Durch das Anschließen des externen Geräts waren aber gewiss Teile des Dokuments in ein Arbeitsverzeichnis geschrieben worden. Meist werden solche Dateien abschließend durch die zugehörige Software gelöscht. Da Olaf aber einen nahezu vollständigen Abzug der Festplatte hatte, nicht bloß des Dateisystems, könnte er Fragmente der gelöschten Dateien finden. Mit etwas Glück und dem richtigen Werkzeug würde es vielleicht gelingen, die einzelnen Teile zu einem vollständigen Dokument zusammenzusetzen.

Er recherchierte im Internet nach Geräten, die infrage kamen, um dann auf Benjamins Festplatte nach Namen der entsprechenden Produkte zu suchen. Er spürte ein vertrautes Kribbeln, als er einen Ordner mit dem Herstellernamen eines Diskettenlaufwerks fand. Benjamin hatte zweifelsfrei eine solche Hardware an den Laptop angeschlossen!

Es gab für den Ordner einhundertachtunddreißig Fragmente einer unbekannten Anzahl Dateien. Olaf ließ alle Tools aus seiner ›Giftküche‹ auf einmal auf sie los, die die Bits und Bytes zu etwas Sinnvollem strukturieren sollten. Inständig hoffte er, dass es diesmal keine Pornos mit Sara Falkenstein in der Hauptrolle waren, als er die über den Bildschirm wuselnden Zahlenkolonnen verfolgte.

Schließlich verkündete ihm eines der Programme, es hätte etwas Leserliches für ihn zusammengepuzzelt. Er hielt die Luft an, als sich vor ihm ein Dokument aufbaute. Fast hätte er einen Jubelschrei ausgestoßen. Er las Schotts Namen, ein Datum im Jahr 1988, einen kompliziert klingenden Titel.

Die lange gesuchte Doktorarbeit mit achtundneunzig Seiten voller Abhandlungen, Formeln und Diagrammen!

»Weißt du, ob wir noch Zahncreme haben?«

Er wirbelte erschrocken herum. »Mann, Tobias, hast du mich erschreckt!« Hastig blickte er auf den Bildschirm. Es war eine Seite mit unverfänglichem Text zu sehen, ohne Hinweis auf seinen Verfasser. Seit wann aber hatte Tobias hinter ihm gestanden? Wusste er, dass dies die nie veröffentlichte Doktorarbeit eines seiner Mordopfer war? Er musste in das Zimmer geschlichen sein. Spionierte er ihm hinterher?

»Begeben Sie sich zum Badezimmerschrank. Gehen Sie direkt dorthin. Gehen Sie nicht über Los ...«

»Sehr witzig, Papa.«

*

Nachdem Tobias ins Bett gegangen war, schickte Olaf Gottfried eine Nachricht. »Habe Schotts Doktorarbeit!«

Es dauerte einige Minuten, bis er eine Antwort erhielt: »Und ich habe keine Zeit, bin beim Essen.«

Um Mitternacht! Gottfried saß mit Kollegen beim Abendessen. Wie viele Gänge musste das Menü haben, dass er zu so später Zeit noch immer dinierte? Wahrscheinlich war er mit dem Vertrieb unterwegs, da fielen die Mahlzeiten besonders üppig aus.

»Morgen früh um neun telefonieren«, schrieb er ihm.

»Um sieben«, kam postwendend zurück.

Gottfried könnte wenigstens so etwas wie »Toll gemacht« schreiben.

Er musste den Wecker stellen. Morgen war der große Tag, an dem sie Sara eine Falle stellen würden. Es wäre besser, wenn er ausschlafen könnte.

35

Tobias frühstückte gerade, als Olaf das Haus verließ. Sein Sohn würde erst um halb acht zur Arbeit gehen, da war an ein ungestörtes Telefonat mit Gottfried nicht zu denken.

Unrasiert und mit schweren Augenlidern lief Olaf die Berger Straße entlang. Irgendwo musste es ein Café geben, das ihm zu dieser frühen Stunde ein vernünftiges Frühstück machen würde.

Das Handy in seiner Tasche vibrierte.

»Die Professorengattin hat mich reingelegt«, meldete sich Gottfried. »Statt auf meine Forderungen einzugehen, bietet sie mir Sex für die Videos an.« Er gab ihm eine kurze Zusammenfassung des Gesprächs mit Sara.

»Du hast wirklich um Bedenkzeit gebeten?«, fragte Olaf ungläubig.

»Was sollte ich anderes tun? Sie hatte mich überrumpelt, und plötzlich war ich in der Defensive.«

»Wenigstens erscheint sie ehrlich. Uns beiden ist klar, dass sie das Geld nicht auftreiben kann, ohne dass ihr Mann Fragen stellt. Vielleich haben die Videos doch nichts mit den Morden zu tun.«

»Das zeigt bloß, wie raffiniert die Dame ist.« Gottfried klang sehr bestimmt. »Wir wollen ihr eine Falle stellen, und nun stellt sie *mir* eine. Sie will Zeit und Ort bestimmen, damit sie ihren dritten Mord planen kann: den an mir.«

»Du müsstest bloß deinerseits ein Hotel als Treffpunkt vorschlagen. Dann könnten wir alles vorbereiten, so wie ursprünglich geplant.«

»Darauf wird sie sich nicht einlassen. Sie will mich ja töten, da muss sie einen Ort wählen, der für sie passt.«

Olaf konnte sich vorstellen, dass Sara einen völlig anderen Plan verfolgte, als Gottfried dachte: Sie ginge vielleicht auf seinen Vorschlag ein, um ihm in einem Hotel seiner Wahl den besten Sex seines Lebens zu bereiten. Beim nächsten Treffen sollte er arglos in eine ihrer Fallen laufen. Dass Gottfried krank und klapprig war, konnte sie nicht ahnen, genauso wenig, dass er es nicht auf einen Seitensprung anlegte.

»Ich glaube, unsere Videos taugen nicht mehr für eine Erpressung.«

»Ach was«, sagte Gottfried. »Ich spiele meine Rolle des Gelegenheitserpressers einfach weiter. Da kann ich mich ruhig einmal von ihr verunsichert zeigen, ich bin ja kein Profi. Und dann bestehe ich auf die fünfzigtausend Euro, wie gehabt.«

Wieso eigentlich nicht? Sara würde letztendlich zum Schein darauf eingehen und sich mit Gottfried treffen, um ihn zu ermorden.

»Also wird mein Einsatz im *Superman*-Kostüm nicht aufgehoben, sondern bloß um einige Tage aufgeschoben?«

Er hörte Gottfried lachen. »Es muss vor meiner Chemo über die Bühne gehen, also vor Montag.«

»Was sagst du dazu, dass ich Schotts Doktorarbeit gefunden habe?«

»Die spielt doch jetzt überhaupt keine Rolle mehr!«, kam es genervt zurück.

»Aber was ist mit der Verbindung zwischen Schott und Falkenstein? Sie waren in derselben Arbeitsgruppe am Physikalischen Institut.«

»It's a small world.«

Olaf stand vor einem türkischen Café, das ein üppiges Frühstück versprach. Mit leerem Magen würde er Gottfried nicht länger ertragen. »Ich rufe dich zurück.«

»Die meiste Zeit bin ich in Meetings. Lass uns am Abend gegen zehn telefonieren.«

Auch gut. Sara war zwar ihre Mörderin, man sollte dennoch jede Spur weiterverfolgen. Er entschied sich für das

Frühstück mit den meisten Beilagen. Dazu bestellte er einen großen Cappuccino. Um fünfzehn Uhr war die Audienz bei seiner Durchlaucht, dem Professor. Falkensteins Sekretärin hatte den Termin nochmal bestätigt.

Auch die längste Wartezeit hat einmal ein Ende.

36

Hätte er nicht bereits gewusst, dass Falkenstein ein eingebildeter Fatzke war, wäre es Olaf sofort in dessen Büro aufgefallen. Die Diplome und Auszeichnungen, mit denen der Professor seine Wände vollgehängt hatte, fielen als Erstes ins Auge. Es gab aufwändig gerahmte Fotos, die Falkenstein in Gesellschaft von erlauchten Herrschaften zeigten. Auf einem der Bilder posierte er mit dem hessischen Ministerpräsidenten. Eine Vitrine mit blankgeputzten Scheiben beherbergte Skulpturen von, wie es schien, griechischen Göttern, die mit edlen Posen Feingeistigkeit und Gelehrsamkeit verströmten.

»Sie wollten über Benjamin Hoffmann reden, Herr Dernhard?« Olaf hatte sich diesen Tarnnamen für seine Rolle des Onkels zugelegt. Falkensteins Händedruck war so dominant, dass Olaf beinahe eine kleine Verbeugung gemacht hätte. Er sagte den Spruch über seine väterliche Freundschaft zu Benjamin auf.

»Das ist eine wirklich schlimme Geschichte, Herr Dernhard. Mein aufrichtiges Beileid.« Der Professor schaute eine Weile betrübt, bevor sich seine Miene auf die überlegene Distanz von zuvor einstellte. »Darf ich Ihnen etwas anbieten?«

Die Sekretärin, bei der Falkenstein die beiden Cappuccinos beauftragte, konnte höchstens Mitte zwanzig sein. Mit ihrer schnittigen Figur wirkte sie in keiner Weise wie die mütterlichen Institutssekretärinnen, die Olaf aus seiner Studentenzeit kannte. Der Professor wies auf eine Sitzecke mit einem runden Glastisch und Ledersesseln. Olaf entschied sich für einen Platz, mit dem er das Büro im Blick hatte. Falkenstein setzte sich ihm gegenüber.

»Herr Hoffmann hatte, wie Sie vermutlich wissen, Spielschulden. Es ist deprimierend zu sehen, wie junge Talente an solchen Süchten scheitern. Offensichtlich ließ er sich darüber hinaus mit Kriminellen ein.« Falkenstein schien gut darüber Bescheid zu wissen, in welche Richtung die Polizei ermittelte. »Dass seine Doktorarbeit wertlos war, weil ein anderer vor ihm eine Arbeit zu demselben Thema veröffentlichte, war ein schwerer Schlag für ihn. Er war gezwungen, mit einem komplett neuen Thema bei null zu beginnen.«

Der Professor blickte auf seine Armbanduhr, Olaf auf die Sekretärin. Hatte sie Falkenstein gerade zugezwinkert, als sie den Kaffee servierte?

»Ich habe nur wenig Zeit. Bitte stellen Sie mir Ihre Fragen.« Der Professor präsentierte ein offenes, einladendes Gesicht, als wäre er am Ende eines Vortrags angelangt und eröffnete die Diskussion.

Olaf entschied sich für ein Thema, auf das Falkenstein gewiss nicht gefasst war. »Haben Sie noch Kontakt zu Klaus Schott?«

Die Miene des Professors verfinsterte sich für einen kurzen Moment, dann blickte er wieder distanziert wie vorher. »Sollte ich diese Person kennen?«

»Benjamins Onkel. Sie waren als Doktoranden in derselben Arbeitsgruppe.«

»Ach so. *Der* Klaus Schott.«

Dass Falkenstein bei diesen Worten mit einer übertriebenen Geste eine Hand an die Stirn schlug, wollte nicht ins Bild passen, das Olaf sich von seinem Gegenüber gemacht hatte.

»Das muss dreißig Jahre her sein. Sie sagen, das ist der Onkel von Herrn Hoffmann? Zwei Physiker in der Familie!«

»Und sie haben eines gemeinsam: Beide konnten ihre Doktorarbeiten nicht veröffentlichen.«

»In der Tat eine erstaunliche Parallele«, gab ihm Falkenstein in jovialem Ton recht.

»Was ist damals passiert? Ist auch Klaus Schott ein anderer zuvorgekommen?«

»Für einen Doktoranden besteht immer die Gefahr, dass seine Arbeit als Plagiat endet. Es ist stets denkbar, dass zur selben Zeit jemand anderes an demselben Thema forschen und seine Ergebnisse früher veröffentlichen könnte.« Wieder sah der Professor auf seine Uhr. Dann begann er einen Monolog über die komplexen Beziehungen zwischen den Universitäten weltweit. Er tat das mit der Selbstverständlichkeit eines Mannes, der es gewohnt war, bei seinen langen Ausführungen nicht unterbrochen zu werden.

Olaf nippte an seinem Cappuccino und sah Falkenstein eine Weile beim Reden zu. Dann nutzte er den Moment, in dem sein Gegenüber einen Satz beendet hatte und im Begriff war, Luft zu holen.

»Ich habe Schotts Doktorarbeit auf Benjamins Rechner gefunden.«

Der Professor sah ihn zunächst irritiert, dann geradezu wütend an – nur einen Wimpernschlag lang.

Hatte er es doch tatsächlich gewagt, seine Exzellenz beim Dozieren zu unterbrechen.

»Es gibt keine Doktorarbeit«, stellte Falkenstein klar. »Klaus Schott durfte seine Arbeit nicht einreichen.« Wieder blickte er auf die Uhr. »Ich muss nun zu einer Sitzung. Sie können Ihre Telefonnummer bei Frau Jestrabek hinterlassen.« Er deutete auf die Tür, hinter der die Sekretärin verschwunden war.

Frau Jestrabek. Jede Wette, dass dieser Universitäts-Playboy ganz andere Namen für seine Sekretärin hat, wenn er mit ihr alleine ist.

37

Die Meetings nahmen kein Ende, da musste Gottfried seine Ambitionen als Hobby-Erpresser hintenanstellen. Er würde Sara Falkenstein eben erst morgen anrufen. Auf den einen Tag mehr oder weniger kam es sowieso nicht an. Wichtig war nur, dass er das durchziehen würde, bevor die Chemotherapie begann. Was danach passierte, stand ohnehin in den Sternen. Fünfzig Prozent Heilungschancen hießen nichts anderes als, es könnte klappen oder auch nicht. Es gab bloß die Gewissheit, dass Nichtstun zwangsläufig zum Tod führte. Aus diesem Grund würde er seine fifty-fifty-Chance nutzen.

Durch den Krebs war er dünn wie ein Skelett geworden, und nun suchte die Polizei einen »abgemagerten« Mann in seinem Alter mit »knochiger Erscheinung« – alles andere als eine schmeichelhafte Beschreibung. Gewiss stammte sie von der jungen Frau, die ihn im Hausgang angestarrt hatte, nachdem er von Sara Falkenstein über den Haufen gerannt worden war. Olaf ließ keine Gelegenheit aus, ihn vor der Polizei zu warnen, weil die Beschreibung, auch wenn sie denkbar kurz ausfiel, perfekt auf ihn zuträfe. Höchste Zeit, dass er gemeinsam mit Olaf die Mörderin überführte und der Polizei servierte.

Doktor Scharschmidt hatte mehrmals darauf hingewiesen, dass er insbesondere zu Beginn der Chemotherapie mit Übelkeit und allgemeiner Abgeschlagenheit zu rechnen hätte. So etwas konnte er auf gar keinen Fall gebrauchen, wenn er den Lockvogel für Sara Falkenstein spielte. Er musste das vor der Therapie über die Bühne bringen. Er ging ein kalkuliertes Risiko ein, aber auch ein hohes. Da musste alles sitzen.

Heute Abend wollte er mit Olaf alle Optionen und Möglichkeiten durchsprechen. Morgen Abend würde er Sara Falkenstein zur Strecke bringen – bevor sie ihn ermorden konnte.

*

Wie konnte die Polizei bloß so auf dem Holzweg sein? Sie brachte zwar die Morde an Benjamin und Klaus Schott in Zusammenhang, aber was hatte sie geritten, nun einen Autohändler aus Friedberg zu verhören? Witterte Tobias' Chef nun eine geheime ›Wetterau-Connection‹ als Urheberin der Morde?

Olaf sah vom Bildschirm auf und schüttelte ungläubig den Kopf. Die Ermittler wussten nicht im Entferntesten, dass ihr toter Student die Gattin seines Doktorvaters gevögelt hatte. Auch nicht, dass davon Videos existierten, deren Veröffentlichung das sichere Aus in der Gesellschaft der Reichen und Sorglosen für Sara bedeuten würde. Vielleicht könnte er die Ermittlungen in die gewünschte Richtung lenken, wenn er Tobias die Videos zuspielte. In diesem Fall könnten Gottfried und er auf die riskante Erpressergeschichte verzichten. Allerdings konnte er sich lebhaft vorstellen, wie Sara Tobias und seine Kollegen um den kleinen Finger wickeln würde. Die Polizisten kämen nicht im Traum darauf, dass sie wegen der Videos morden könnte.

Das Gedudel des Handys riss ihn aus seinen Gedanken. Gottfrieds Klingelton war es nicht, sie waren sowieso erst für zehn Uhr zum Telefonieren verabredet.

»Herr Dernhard?«, meldete sich die markante Stimme des Professors.

Seine Majestät rief ihn an? »Am Apparat.«

»Hier spricht Professor Falkenstein«, sagte der Professor unnötigerweise. »Wir haben uns heute über Benjamin Hoffmann unterhalten.«

»Ist Ihnen noch etwas eingefallen?«

»In der Tat«, kam es aus dem Handy zurück. »Ich habe mir nach unserem Gespräch ein Backup von Herrn Hoffmanns Institutsrechner geben lassen.«

»Haben Sie etwas gefunden, das für mich wichtig sein könnte?«

»Ich bin auf etwas Exorbitantes gestoßen, Herr Dernhard.«

Wie der sich wieder geschwollen ausdrückte! »Was ist es denn?«

»Das kann ich unmöglich am Telefon weitergeben. Wir müssen uns treffen. Im Moment kann ich nur so viel sagen: Es wird Ihre Sichtweise auf Herrn Hoffmann grundlegend verändern.«

»Wir können uns gerne treffen. Wann passt es Ihnen?«

»Ich muss morgen sehr früh zum Flieger nach Mumbai. Wenn wir uns nicht heute Abend treffen, ist es erst wieder in acht Tagen möglich.«

Von dem Telefonat mit Gottfried abgesehen, hatte er heute keine Verabredungen. »Ich könnte um sechs zu Ihnen in die Uni kommen.«

»Das ist leider nicht möglich. Ich bin heute auf einem Empfang mit Vertretern der Landesregierung. Anschließend muss ich auf dem schnellsten Weg nach Hause.«

»Am besten, Sie nennen mir Treffpunkt und Uhrzeit.«

Er ließ sich Name und Adresse eines Gasthofs geben, in dem der Professor auf ihn warten würde. »Mein Navi wird das finden.«

»Wir treffen uns um einundzwanzig Uhr. Ich erwarte, dass Sie pünktlich sind. Auf Wiederhören.«

Was immer Falkenstein ihm Geheimnisvolles mitteilen wollte, er könnte es um zehn mit Gottfried durchsprechen. Hoffentlich hatte der Professor nicht bloß ein Video entdeckt, in dem seine Frau mit einem Doktoranden vögelte.

*

Das Meeting mit dem Fachbereich zog sich hin. Es war doch bereits alles gesagt. Sollte Carsten sich mit denen herumschlagen, Gottfried war gedanklich raus. Er öffnete Phils Mail, die er kurz zuvor erhalten hatte. Einige Details zu Professor Falkenstein, fast schon eine Biografie. Das hätte er sich auch von Wikipedia besorgen können, wahrscheinlich hatte Phil genau das getan.

Promotion im Jahr 1989, Habilitation, Auszeichnungen durch diverse Universitäten und Institutionen. Und nicht zu vergessen: Falkenstein wurde zweimal für den Nobelpreis vorgeschlagen. Was es für einen ehrgeizigen und statusbewussten Mann wie ihn wohl bedeutete, dem wissenschaftlichen Olymp so nahe gewesen, aber letztlich leer ausgegangen zu sein?

Er bemerkte erst, dass er schmunzelte, als ihm die Leiterin des Fachbereichs vielsagend zunickte. Sie musste seine Mimik wohl als Zustimmung aufgefasst haben – zu was, wusste er nicht, denn er achtete gar nicht darauf, was gesagt wurde. Er setzte ein neutrales Gesicht auf, als er in Phils Mail nach oben blätterte. Dort fand er das Thema von Falkensteins Doktorarbeit: irgendetwas mit ›Fermionen‹ – was immer das war.

Sein Handy vibrierte. Olaf hatte über den Messenger eine Nachricht geschickt. »Treffe mich mit seiner Heiligkeit dem Professor. Er hätte wichtige Neuigkeiten zu Benjamin.«

Olaf forschte also noch immer im Dunstkreis der Universität herum. Vielleicht würde er es ja fertigbringen, weitere Hintergründe zu erhellen.

Er tippte eine Antwort: »Vergiss nicht unser Telefonat um zehn.«

Die Vorbereitung der angeblichen Geldübergabe war derzeit das wirklich Wichtige. Gewiss hatte die Professorengattin die Baustelle inspiziert, um sich ihrerseits auf ihn, den Erpresser, vorzubereiten. Wo genau im Inneren des

Rohbaus sie ihn treffen sollte, würde er ihr aber erst per Telefon mitteilen, wenn sie die Baustelle erreicht hatte. Das war sein Vorteil, den er nutzen würde.

Und seine Lebensversicherung.

38

Das Navi schätzte die Fahrtzeit bis zu dem Gasthof, an dem er Falkenstein treffen sollte, auf neunundzwanzig Minuten. Olaf hatte eine Menge Zeit, bis er aufbrechen müsste. Er schmierte sich als Abendessen ein paar Scheiben Brot und ließ sich mit dem Teller am Esstisch nieder.

Was mochte Falkenstein auf Benjamins Institutsrechner entdeckt haben? Was immer es war, der Professor hielt es offenbar für außerordentlich bedeutsam. Dann die Andeutung, wenn er die Neuigkeit erfahren würde, sähe er Benjamin in ganz neuem Licht. All das ließ vermuten, dass Falkensteins Entdeckung etwas mit dem Institut zu tun hatte und Benjamin eine unrühmliche Rolle dabei spielte.

Ihm kamen die Sexvideos mit Sara in den Sinn. Unwahrscheinlich, dass Benjamin sie auf einen Institutsrechner kopiert hätte, nicht nachdem er sie auf seinem privaten Laptop verschlüsselt und so gut versteckt hatte, dass sie selbst für Olaf kaum zu entdecken waren.

Um die Videos ging es ganz gewiss nicht. Falkenstein musste auf etwas anderes gestoßen sein, vielleicht etwas, von dem Gottfried und er bislang nicht die leiseste Ahnung hatten und das sie auf eine gänzlich neue Fährte bringen würde.

Eher aber ging es um das Datenleck. Vielleicht hatte Benjamin tatsächlich etwas darüber herausgefunden, wie dessen Kommilitone Damir vermutete. Derjenige, der von dem Datenleck profitierte, könnte den Studenten getötet haben, um einen Mitwisser aus dem Weg zu räumen. Vielleicht hatte Benjamin ihn erpresst. Das würde zu dem Hinweis des Professors passen, die neuen Informationen würden Olafs Sichtweise auf ihn grundlegend verändern. Dann wäre Benjamin bei dem Versuch ermordet worden, einen

Anteil von dem Geld zu verlangen, das mit dem Datenleck gemacht wurde.

Olafs Laune hellte sich auf. Wenn eine der Theorien zuträfe, bedeutete das, Sara wäre unschuldig. Ein anderer hätte Benjamin getötet und danach Klaus Schott, weil der möglicherweise ebenfalls an der Erpressung beteiligt gewesen war.

Jemand anderes war der Mörder. Sara war bloß eine unglaublich attraktive Frau, alles andere als unschuldig, aber keine Mörderin.

*

Zuerst hatte Gottfried geglaubt, er hätte sich geirrt. Der Titel von Falkensteins Doktorarbeit war ja auch alles andere als griffig. Mehrmals musste er zwischen Phils Mail und Schotts Doktorarbeit hin und her klicken, aber es gab keinen Zweifel: Die beiden Titel waren bis auf den letzten Buchstaben identisch! Wie war das möglich? Ganz gewiss hatte der damalige Doktorvater das Thema nicht an *zwei* Doktoranden vergeben. Da war doch etwas faul!

Er musste raus aus dem Meeting, weg von diesen Kleinigkeitskrämern, die immer weiter debattierten, obwohl es draußen bereits dunkel wurde. Und er brauchte Phil. Der wusste, wie man eine Doktorarbeit auftrieb.

In seinem Büro angekommen, schrieb er als Erstes eine Nachricht an Olaf: Er sollte Schotts Doktorarbeit gegenüber dem Professor nicht erwähnen. Zuerst mussten sie Klarheit darüber gewinnen, was 1988 wirklich geschehen war. Er checkte seine Mails: eine Antwort von Phil. Leider nicht Falkensteins Doktorarbeit, aber das Versprechen, sich sofort darum zu kümmern. Immerhin. Er arbeitete einige Dinge ab, die er auch morgen hätte erledigen können. Mittlerweile war es so spät, dass er auch das Telefonat mit Olaf vom Büro aus erledigen würde.

Es war bereits nach halb neun, als er schließlich Phils Mail mit der Doktorarbeit öffnete. Wegen seiner guten Beziehungen in akademischen Kreisen war sein Texanischer Freund in solchen Dingen einfach unschlagbar.

Bereits nach kurzem Querlesen der Arbeit wurde Gottfried klar, dass er unverzüglich Olaf anrufen musste. Sofort wählte er seine Nummer. Als der nicht antwortete, schickte er ihm eine Nachricht über den Messenger. Dann versuchte er es erneut über das Telefon, wieder ohne Erfolg. Auch auf seine Messenger-Nachricht kam keine Reaktion. Zuletzt hatte Olaf geschrieben, er würde sich mit Professor Falkenstein treffen. Ausgerechnet mit dem Mann, dessen Doktorarbeit Gottfried solches Kopfzerbrechen bereitete.

Es hielt ihn nicht mehr auf seinem Stuhl. Er zog das Jackett an und tastete nach dem Autoschlüssel in der Innentasche. Falkensteins Doktorarbeit war beinahe identisch mit der von Klaus Schott! Benjamin Hoffmann besaß ein Exemplar von Schotts Arbeit und war tot. Klaus Schott hatte die Arbeit, und auch er war tot. Nun verfügte Olaf über eine Kopie. Und er war bei Falkenstein. Die alte Plaudertasche erzählte ihm gewiss von der Doktorarbeit.

Gottfried hastete so schnell aus dem Büro, dass er vergaß, abzuschließen.

39

Olaf befand sich bereits auf der Autobahn, als ein Weihnachtsglöckchen bimmelte. Über die Freisprechanlage klang es besonders schrill. Gleich darauf ertönte ein weiteres Bimmeln, dann noch eines.

Lief der Virus wieder Amok?

Es bimmelte ohne Unterlass, bis Olaf einen Parkplatz fand und das Auto zum Stehen brachte. Sofort öffnete er die Konfigurator-App auf dem Smartphone.

Einundzwanzig Nachrichten, stellte er entgeistert fest. Er öffnete die erste: ein Bericht über einen Friedberger Autohändler. Die ›Wetterau-Connection‹. Als er auf den kleinen Bildschirm tippte, um die nächste Nachricht anzusehen, wurden mit weihnachtlichem Klingeln zwei weitere angekündigt. Mit diesen hatte er dreiundzwanzig Nachrichten in nur fünf Minuten erhalten. Der Virus war außer Kontrolle, so wie damals, als er das erste Mal bei Sara gewesen war! Er sollte sofort umdrehen, nach Hause und zu seinem Laptop eilen, um das blöde Ding zu stoppen. Vielleicht aber schickte der Virus bloß alles, was er den Tag über sammelte, auf einmal? Dann wäre das Ganze ein kurzes Bombardement von Nachrichten, aber danach herrschte wieder Ruhe.

Argwöhnisch betrachtete er sein Handy, lauschte auf ein weiteres Bimmeln. Es tat sich aber nichts. Also kein Amoklauf des Virus. Er startete den Motor. Der finstere Parkplatz war ihm unheimlich geworden.

Er fuhr gerade auf den Beschleunigungsstreifen, als ein weiteres Weihnachtsglöckchen ertönte.

Dieser Drecksvirus! Genervt schaltete er das Handy auf stumm.

*

Der Bordcomputer zeigte eine Reichweite von knapp vierzig Kilometern an. Gottfried hatte auf dem Weg ins Büro tanken wollen, es dann aber doch für die Rückfahrt aufgeschoben. Wie hätte er auch am Morgen ahnen können, dass er es jetzt so eilig haben würde. Olaf steckte in großen Schwierigkeiten, aber Gottfried musste sich zuerst um Benzin kümmern.

Unwillig bog er zur Tankstelle ab. Alle Zapfsäulen besetzt! Er manövrierte den Wagen schräg vor zwei der Zapfsäulen, damit er die erste freigewordene anfahren könnte. Ungeduldig starrte er auf die beiden Autos vor ihm, in denen niemand saß und die auch nicht betankt wurden. Wie es schien, waren beide Fahrer gerade beim Bezahlen. Wieso dauerte das so lange? Er versuchte erneut, Olaf zu erreichen. Als sich wieder nur der Anrufbeantworter meldete, legte er auf.

Endlich steuerte eine junge Frau auf eines der Autos zu. Gottfried wollte keine Zeit verlieren und startete den Motor. Er stieß einen Fluch aus, als sie nicht in den Wagen stieg, sondern umständlich in ihrer Handtasche kramte. Sie starrte ihn erschrocken an, als er kurz auf die Hupe tippte. Dann schien sie absichtlich langsamer als vorher ihre Tasche zu inspizieren, bis sie nach quälend langer Zeit einen Schlüssel in der Hand hielt. Sie zeigte ihm den Mittelfinger, bevor sie aufreizend gelassen in den Wagen stieg.

Gottfried schnaufte einige Male durch, als sein BMW endlich vor der Zapfsäule stand. Er hatte keine Sekunde zu verlieren, wollte aber auch nicht in Hektik verfallen. Zum Bezahlen müsste er sich sowieso lange anstellen, egal wie schnell er tankte. Meistens standen in der Schlange Leute, die in aller Seelenruhe Brötchen für komplette Großfamilien kauften, ein Sixpack oder heiße Würstchen. Er hasste diese Tankstellen, die Supermärkten glichen, in denen es eher zufällig auch Benzin zu kaufen gab.

Letztlich trieb ihn seine Ungeduld dazu, doch bloß für zwanzig Euro zu tanken. Wo immer möglich, sollte er keine Sekunde vergeuden. Als er den Tankdeckel zuklappte, nahm er ein Prickeln im Nacken wahr, das ihm vertraut vorkam. Er verspürte es meistens dann, wenn sein Unterbewusstsein sich mit der Frage beschäftigte, warum man ihn beobachtete. Langsam drehte er den Kopf in die Richtung, die ihm seine Instinkte wiesen, und erblickte ein Polizeiauto. Die Gesichter beider Insassen waren ihm zugewandt.

Das hatte ihm gerade noch gefehlt! Zwei Polizisten auf der Jagd nach diesem – wie war die Formulierung? – Mann »von abgemagerter, knochiger Erscheinung«, der Schott erstochen haben sollte. Nie hätte er für möglich gehalten, dass er einmal den Impuls verspüren könnte, sich vor der Polizei verstecken zu müssen. Aber dafür war es nun zu spät.

Die beiden Polizisten sprachen kurz miteinander und stiegen entschlossen aus. Gottfried setzte sich in Bewegung. Er steuerte auf das Gebäude mit der Aufschrift »Megamarkt« zu, in dem er sein Benzin zu zahlen hatte. Er tat es langsam aber zielstrebig, so zielstrebig, wie die Polizisten, die ihm kurz vor dem Eingang den Weg abschnitten. Wie eine unüberwindliche Mauer standen sie zwischen ihm und dem Gebäude und blickten ihn forschend an.

»Können Sie sich ausweisen?«

40

Ohne die Anweisungen seines Navis wäre Olaf niemals an diesem finsteren Ort gelandet. Den letzten Kilometer hatte er sogar einen holprigen Feldweg durch einen Wald fahren müssen. Das Parkplatzschild hätte er vielleicht übersehen, wenn nicht direkt dahinter der Weg zu Ende gewesen wäre. Ungläubig sah er den Strahl der Scheinwerfer entlang. Das Navi behauptete steif und fest, er hätte sein Ziel erreicht und es befände sich auf der rechten Seite. So ein Blödsinn. Dort gab es nur Dunkelheit, vermutlich eine Wand aus Bäumen und Gestrüpp. Er brauchte einige Sekunden, bis er auf der linken Seite die vagen Umrisse eines Gebäudes ausmachte, das sich gegen den Sternenhimmel abhob. Sollte dieser finstere Kasten der Gasthof sein, in dem Falkenstein mit der Landesregierung tafelte? Schwer vorstellbar. Nirgends war eine Lichtquelle zu erkennen, keines der Fenster war erleuchtet. Das Haus schien verlassen. Genauso wie der Parkplatz, auf dem neben seinem eigenen nur noch ein weiteres Auto parkte: ein Mercedes SUV. Das passte zu Falkenstein. Was auch immer der Professor hier veranstaltet hatte, die Party musste seit geraumer Zeit zu Ende sein.

Er nahm sein Smartphone in die Hand. In der Dunkelheit wirkte der Bildschirm gleißend hell. Nachdem er das vorlaute Navi ausgeschaltet hatte, erblickte er die vielen Benachrichtigungen. Auch hatte ihn jemand versucht anzurufen, wahrscheinlich Gottfried. Sie würden um zehn sowieso miteinander telefonieren.

Mit ausgeschalteten Scheinwerfern konnten sich seine Augen langsam auf die Dunkelheit einstellen. Nun erblickte er einen Fußweg, der in einer Linkskurve auf das Gebäude zuführte. Wahrscheinlich wartete in dem Haus tatsächlich der Professor auf ihn. Vermutlich wirkte es nur deshalb so dunkel, weil die Rollläden heruntergelassen waren und dadurch kein Licht nach außen drang.

Plötzlich musste er an Carola denken. In dunklen Ecken wie dieser hatte sie immer Angst bekommen, selbst als gestandene Frau. Gerne hatte er den Tröster und Helden gegeben.

Rasch wischte er die Erinnerung an Carola zur Seite, bevor sie schmerzhaft werden konnte.

Ein letzter Blick auf das Handy, und er öffnete die Fahrertür, um hinaus in die feuchte Waldluft zu treten. Vermutlich hatte Falkenstein ihn bereits bemerkt und darauf gewartet, dass er endlich aussteigen würde.

41

Olafs Kopf fühlte sich an, als hätte ihn jemand in einen Schraubstock geklemmt. Beim Versuch, sich an die pochende Schläfe zu fassen, stellte er fest, dass er die Hände nur wenige Zentimeter bewegen konnte. Es dauerte eine Weile, bis er seine Situation erfasst hatte.

Er saß auf dem Boden eines schwach erleuchteten Raums, und seine Hände waren mit einem Seil an einen Heizkörper gefesselt. Die grobe Deckenlampe ließ darauf schließen, dass er sich in einem Keller befand. Um sich herum erblickte er ein Durcheinander von Umzugskisten und ausrangierten Möbeln – und eine Gestalt auf einem Stuhl.

»Professor Falkenstein?«

Falkenstein sah ihn beinahe überrascht an. »Haben Ihre Lebensgeister sich entschlossen zurückzukehren, Herr Dernhard?« Er setzte sein arrogantes Grinsen auf, das Olaf schon so oft bei ihm gesehen hatte.

Was zum Teufel war passiert? Olaf erinnerte sich, dass er aus dem Auto gestiegen war. Dann hatte ihn offenbar jemand umgehauen. Wie es schien, war er bewusstlos gewesen. Der Professor musste ihn in diesen Keller gebracht und gefesselt haben, aber wieso hatte er das getan?

»Werden Sie mich losbinden, wenn ich Sie lieb darum bitte?«

»Ganz gewiss nicht.« Falkenstein erhob sich von seinem Stuhl und musterte den auf dem Boden kauernden Olaf mit geringschätziger Miene. »Woher haben Sie die Doktorarbeit?«, sagte er schließlich.

»Welche Doktorarbeit?« Olaf bereute sofort, den Dummen zu spielen, als Falkenstein ihm einen schmerzhaften Tritt in die Seite gab.

»Klaus Schotts Doktorarbeit. Sie wissen genau, wovon ich rede.« Der Professor holte zu einem weiteren Tritt aus.

»Schon gut!«, beeilte Olaf sich zu sagen. »Das ist kein Grund, diese Sadomasonummer abzuziehen.« Er schnappte nach Luft. »Ich habe die Arbeit auf Benjamins Rechner gefunden.«

»Gefunden? Ich schätze, Benjamin Hoffmann hat Sie ins Vertrauen gezogen.«

Olaf sah Falkenstein verblüfft an. Um was ging es hier überhaupt? Er unterließ es aber zu fragen, um sich nicht noch einen Tritt einzuhandeln.

»Und nun denken Sie, Sie könnten mich mit dieser Doktorarbeit, die ja gar keine ist, erpressen, genauso wie Herr Hoffmann.«

»Erpressen?« Sofort bekam Olaf einen weiteren Tritt verpasst. Es war dieselbe Stelle wie vorher, und es tat entsetzlich weh.

»Benjamin Hoffmann glaubte wirklich, er wäre in der Lage, mich unter Druck zu setzen«, sagte der Professor kühl. »Ich sollte dafür sorgen, dass er seine Doktorarbeit noch veröffentlicht bekäme. Er hätte wissen müssen, dass selbst ich das nicht konnte. Ein Plagiat bleibt ein Plagiat.« Der Professor begann vor Olaf auf und ab zu laufen, als gäbe er eine Vorlesung. »Als Nächstes verlangte er Geld: einhunderttausend Euro. Damit wollte er wohl seine Schulden bezahlen und sich ein schönes Leben machen.«

Olaf begann zu begreifen. Ein unschönes Gefühl machte sich in seiner Magengrube breit. Falkenstein war der Mörder, den sie suchten. Und er war ihm ausgeliefert.

»Herr Hoffmann war einfältig genug, sich mit mir in einer dunklen Ecke an der Nidda zu treffen. Bedauerlich, dass diese Jugendlichen auftauchten. Hätte ich ihn bis zum Fluss schleifen können, hätte alles nach einem tragischen Unfall ausgesehen.«

Olafs Hände waren gefesselt, die Füße aber konnte er bewegen. Falkenstein hielt sich allerdings außerhalb ihrer Reichweite auf. Nur als er ihn getreten hatte, war er näher herangekommen. Vielleicht könnte er ihn beim nächsten Mal mit einem Tritt zu Fall bringen und ihn dann überwältigen?

»Hat auch Klaus Schott versucht, sie zu erpressen?«

Der Professor grinste gehässig. »Der Alkohol hatte nicht viel von ihm übriggelassen. Er wäre sowieso in wenigen Monaten gestorben. Ich habe das Band gesucht, dabei war er mir im Weg.«

»Das Band mit seiner Doktorarbeit?«

»Ich konnte nicht zulassen, dass noch weitere Kopien auftauchen würden.«

Olaf machte direkt hinter dem Professor einen Turm aus aufeinandergestapeltem Mobiliar aus. Er erkannte Sessel, Kartons und elektronische Geräte, die jemand ohne erkennbares Konzept aufgeschichtet haben musste. Das Konstrukt wirkte überaus wackelig. Das könnte die Rettung sein. Wenn es ihm gelänge, Falkenstein dagegen zu stoßen, würde der Turm über ihm zusammenbrechen. Nur, wie sollte er das anstellen?

»Was ist so schlimm an Schotts Doktorarbeit, dass Sie dafür zum Mörder wurden?«

»Mörder?« Der Professor kam energisch auf ihn zu, als ob er ihm einen weiteren Tritt versetzen wollte. Dann schien er es sich anders zu überlegen, bevor er in die Reichweite von Olafs Beinen kam.

Provozieren. Er musste Falkenstein so wütend machen, dass er ihn nochmal treten wollte. Und dann hätte Olaf genau einen Versuch, ihn gegen den Möbelhaufen zu schleudern, damit ihn der herabstürzende Hausrat unschädlich machen würde.

Soweit der Plan. Der einzige, den er hatte.

»Schott hat mir seine Arbeit verkauft.« Falkenstein begann wieder, vor Olaf auf und ab zu laufen. »Mein Promotionsthema erwies sich als nicht erfolgversprechend. Mit einem anderen Thema bei null zu beginnen, kam für mich nicht infrage.«

»Ihre Doktorarbeit ist also gar nicht von Ihnen. Sie haben Sie geklaut!«

Die Augen des Professors blitzten böse. »Jeder Mensch hat seinen Preis, sogar mein Doktorvater.«

»*Den* haben Sie auch bestochen!«

Der Tritt kam zu unerwartet, um darauf zu reagieren. Sekundenlang schnappte Olaf nach Luft, versuchte wieder klar zu denken. Wenn Falkenstein wie eben von der Seite kam, hatte er keine Chance, ihn mit den Füßen zu treffen.

»Hat Vati Ihnen Ihre Doktorarbeit gekauft?«, keuchte er und lauerte auf Falkensteins Reaktion.

Der grinste nur. »Wir hatten bei meinem Doktorvater noch einen Gefallen gut ...«

»Hat das seinen Preis gedrückt?«, rief Olaf.

Der Professor schüttelte mit überheblicher Miene den Kopf. »Wir Falkensteins sind seit vielen Generationen eine einflussreiche Familie.«

»Wohl eher eine ›ehrenwerte‹ Familie. Andere nennen das ›Mafia‹.«

»Schott hatte seine Arbeit ausschließlich mit dem Professor durchgesprochen«, fuhr Falkenstein fort, »und sie war noch nicht angemeldet. Deshalb und weil ich an einem sehr ähnlichen Thema geforscht habe, schöpften nicht einmal die Kommilitonen in der Arbeitsgruppe Verdacht, als ich Schotts Themen übernahm.«

»Sie bourgeoises Arschloch haben Ihre Karriere von Klaus Schott erkauft, weil Sie selbst nichts auf die Reihe brachten!«

»Wir Falkensteins sind stärkere Persönlichkeiten als ein Klaus Schott.« Die Stimme des Professors wurde lauter.

»Für meine Leistungen wurde ich für den Nobelpreis vorgeschlagen, während Schott mein Geld dazu benutzt hat, sich in Fernost den Verstand aus dem Leib zu ficken.«

»Oho! Der feine Herr Professor sagt böse Wörter!«

Plötzlich fuhr Falkenstein herum, als hinter ihm das Getöse einsetzte. Sessel, Tische, ein alter Fernseher polterten zu Boden. Der halbdunkle Raum tobte vom Krachen zersplitternden Hausrats. Olaf musste die Füße an den Körper ziehen, als ein riesiges Möbelstück mit einem Knall vor ihm aufschlug.

»Wer ist da?« Die feste Stimme des Professors ließ keinen Zweifel daran, dass er unversehrt war. Der Möbelturm war Olafs einzige Waffe gewesen. Nun war sie ohne sein Zutun losgegangen und hatte ihr Ziel verfehlt.

»Antworten Sie!« Das Licht einer Taschenlampe huschte durch den Raum, strahlte Regale, Kisten und Möbel an. Einen Wimpernschlag lang wurden die Umrisse einer dürren Gestalt sichtbar, die sich hinter einem Küchenschrank verbarg.

Gottfried! Wie hat der hierher gefunden?

Auch der Professor schien den hageren Schatten entdeckt zu haben, denn der Lichtschein der Taschenlampe kam auf dem alten Küchenschrank zur Ruhe.

»Kommen Sie hervor!« Falkenstein war mit einer Eisenstange bewaffnet.

Wie sollte Gottfried es mit Falkenstein aufnehmen? Er bekam ja schon beim Treppensteigen Schnappatmung. Sein Plan, die Möbel auf den Professor stürzen zu lassen, war grandios gescheitert. Hoffentlich hatte auch er sich eine Waffe besorgt, ein Tischbein oder eine Stange, wie Falkenstein eine hatte.

Die Eisenstange zum Schlag bereit, näherte sich Falkenstein der Stelle, an der er zuvor Gottfried entdeckt hatte. »Ich habe Sie gesehen. Kommen Sie heraus!«

Der Schrank, hinter dem sich Gottfried verbarg, erstrahlte im Licht der Taschenlampe. Olaf konnte seine magere Gestalt erkennen, für den Professor schien er aber nicht sichtbar zu sein. Noch nicht. Er würde nicht tatenlos zusehen, wie der Professor Gottfried aus seinem Versteck zerren und mit der Stange erschlagen würde. Nur was konnte er tun? Er musste Falkenstein ablenken, damit Gottfried eine Gelegenheit hätte, sich zu retten.

In diesem Moment sah er die dürre Gestalt nach oben schnellen. Im harten Licht der Taschenlampe erstrahlte ein Totenkopf mit weit aufgerissenen Augen. Der Mund war von einem hässlichen Grinsen verzerrt und stieß ein Zischen wie das einer bösartigen Schlange aus. Der Professor wich mit einem Aufschrei mehrere Schritte zurück. Dabei stolperte er über eines der herabgestürzten Möbelstücke. Die Eisenstange klirrte schrill, als er rückwärts auf den Boden fiel.

Da war sie, die Chance! Falkenstein lag nicht weit von ihm entfernt. Olaf konnte ihn mit den Füßen erreichen. Beinahe. Er verlagerte seinen Körper, streckte das Hinterteil so weit nach vorne, wie die Fesseln es zuließen. Jetzt würde es vermutlich reichen. Er hob das rechte Bein und ließ es mit aller Kraft nach unten schnellen. Er hörte den Professor einen Schrei ausstoßen, als der Fuß eine Stelle am Kopf traf. Erneut holte er aus, trat wieder zu und gleich nochmal, als gälte es, ein giftiges Insekt zu zerstampfen. Der nächste Tritt endete schmerzhaft auf dem harten Boden. Falkenstein hatte sich von ihm weggedreht und lag nun für ihn unerreichbar etwa zwei Meter entfernt.

»Gottfried! Schnell!«

Die dürre Gestalt kam auf ihn zu. Langsam. Unglaublich langsam.

»Schnell. Du musst ihn unschädlich machen!«

Der Professor lag reglos auf dem Boden, konnte aber jederzeit wieder zu sich kommen. Gottfried keuchte. Er schien völlig erschöpft. Offensichtlich konnte er nicht schneller laufen als dieses Schneckentempo.

»Du musst ihm etwas über den Schädel ziehen!«

Wenn Falkenstein sich wieder aufrappeln würde, wäre alles umsonst gewesen.

Gottfried lief an dem Professor vorbei. Er kam auf Olaf zu.

»Nein. Erst Falkenstein!«

Er schüttelte den Kopf und begann fahrig an den Knoten herum zu zupfen. »Bin völlig fertig«, keuchte er. »Bin vom Parkplatz hierher gerannt.« So zittrig wie er war, würde er niemals diese Knoten aufbekommen. Gewiss gab es ein Messer oder eine Schere in diesem Keller, aber das Wichtigste war, den Professor unschädlich zu machen. Olaf blickte zu Falkenstein herüber. Er sah, dass sich ein Arm bewegte.

»Gottfried, lass den Quatsch! Hau dem Professor irgendwas auf die Birne!«

Endlich hielt Gottfried inne. Er blickte auf den Boden, schien nach einer geeigneten Waffe zu suchen.

»Irgendwas!« Hoffentlich brachte Gottfried überhaupt die Energie auf, etwas vom Boden aufzuheben und dann auch noch den Professor damit zu schlagen. Aber er musste es tun!

In Falkenstein kehrte zusehends Leben zurück. Schon hatte er einen Fuß aufgestellt. Eine Hand tastete das blutende Gesicht ab.

»Gottfried, tu was!«

Gottfried stand starr zwischen Olaf und dem Professor. Nur seine Brust hob und senkte sich mit jedem Keuchen.

»Gottfried! Jetzt!«

Die blitzschnelle Bewegung mit dem rechten Arm kam völlig unerwartet. Olaf sah etwas durch die Luft fliegen, dann gab es einen dumpfen Laut und ein Scheppern. Falkenstein lag ausgestreckt auf dem rauen Boden. Neben ihm konnte Olaf die Einzelteile eines Handys ausmachen.

»Super! Du hast ihn mit deinem Smartphone ausgeknockt.«

Auf Gottfrieds angestrengtem Gesicht formte sich ein spitzbübisches Grinsen. »Das musste ich opfern.« Er sank neben Olaf auf den Boden. »Ich muss mich ausruhen.«

42

Gottfried saß keuchend an die Wand gelehnt, während Olaf den Professor beobachtete. Von dem würde für die nächsten Minuten gewiss keine Gefahr ausgehen. Hoffentlich hatte ihn der Schlag mit dem Handy nicht gefährlich verletzt. Gottfrieds Smartphone war in tausend Teile zersprungen, die in alle Himmelsrichtungen verstreut lagen. In dem Chaos, das der umgestürzte Möbelhaufen angerichtet hatte, würde es unmöglich sein, die filigranen Teile wieder aufzusammeln.

Nach einer Weile ging Gottfrieds Keuchen in ein normales Atmen über.

»Jetzt geht es wieder.« Er richtete sich beinahe schwungvoll auf. Mit einem Teppichmesser, das er in einem der Schränke fand, befreite er Olaf von den Fesseln. Zunächst vergewisserten sie sich, dass der Professor atmete und sein Puls zu spüren war. Als sie ihn berührten, öffnete er die Augen für einen kurzen erschrockenen Blick. Sie verpackten ihn mit Klebeband und fixierten ihn an dem Heizkörper, an dem Olaf zuvor gefesselt gewesen war.

»Das Handy ist nicht zu retten.« Gottfried hob eines der zerbrochenen Teile auf.

»Glückwunsch zu dem kolossalen Wurf.«

Nun suchte Gottfried mit den Augen das Durcheinander auf dem Kellerboden ab. Dann schien er etwas gefunden zu haben. Ein Grinsen erschien auf seinem Gesicht, als er ein winziges Teil aufhob. »Die SD-Karte ist heilgeblieben.«

Olaf sah ihn verständnislos an.

»Ich habe mitgeschnitten, was Falkenstein zu dir gesagt hat.«

»Du hast sein Geständnis auf dieser Karte?« Olaf riss sie ihm aus der Hand und legte sie rasch in sein Handy ein. Die Karte funktionierte tatsächlich.

»Welche Datei ist es?«

Gottfried lotste ihn durch mehrere Verzeichnisse. Kurz darauf ertönte die Stimme des Professors aus dem Handy-Lautsprecher:

»Herr Hoffmann war einfältig genug, sich mit mir in einer dunklen Ecke an der Nidda zu treffen. Bedauerlich, dass diese Jugendlichen auftauchten.«

Genau das waren Falkensteins Worte gewesen, unmittelbar bevor er den Mord an Benjamin zugegeben hatte. Man konnte sie sehr deutlich verstehen.

»Kurz davor bin ich hereingekommen«, sagte Gottfried, »und habe sofort das Diktiergerät eingeschaltet.«

»Gottfried, du bist der Hammer!«

Olaf spulte vor bis zu dem Zeitpunkt, an dem der Professor auch den Mord an Schott zugab. Wieder war alles deutlich zu hören, und die Stimme zweifelsfrei als die des Professors zu erkennen.

»Du weißt gewiss, wie man die Stellen herausschneidet, in denen du zu hören bist«, sagte Gottfried, »damit wir die Datei Tobias schicken können.«

»Ich kann sie sofort auf dem Handy bearbeiten. Jetzt erzähl, wieso du überhaupt hierhergekommen bist.«

»Phil hat mir Falkensteins Doktorarbeit geschickt.« Gottfried ließ sich auf einem staubigen Sofa nieder. »Es dauerte nicht lange herauszufinden, dass sie identisch mit der von Schott ist. Ich begriff, dass da irgendetwas faul sein musste. Als ich dann erfuhr, dass der Professor dich zu einem Treffen bestellt hatte, wusste ich, in welcher Gefahr du warst.«

»Wieso hast du mich nicht angerufen, um mich zu warnen?«

Gottfried zog eine Augenbraue hoch. »Das habe ich mehrmals versucht, und ich habe dir auch Nachrichten über den Messenger geschickt.«

Olaf nickte. »Ich hatte das Handy auf lautlos.« Den Grund dafür, nämlich dass der Virus erneut durchgedreht war, verschwieg er. »Und dann hast du vermutlich mein Smartphone geortet.«

»Richtig. Du hast mir kürzlich diese Tracking-App aufs Handy installiert«, sagte Gottfried. »Blöderweise musste ich tanken, und an der Tankstelle wurde ich von zwei Polizisten als der gesuchte Mann mit ›abgemagerter, knochiger Erscheinung‹ identifiziert.«

Olaf stieß resigniert die Luft aus.

»Es ist nichts Schlimmes passiert«, sagte Gottfried beschwichtigend. »Einer der Polizisten stellte sich als der Sohn von Simone Kaiser heraus, einer früheren Kollegin. Wir kennen uns aus dem XCMS-Projekt.«

»Wen du aber auch alles kennst!« Olaf grinste erleichtert.

»Als ich mich nach seiner Mutter erkundigte, wusste Dominik, so heißt ihr Sohn, dass ich nicht ihr gesuchter Mann bin. Wie gut, dass ich ihn bei Simone kennenlernte, als wir bei ihr mit dem Projektteam grillten, sonst wäre die Begegnung sehr unangenehm verlaufen.«

Olaf betrachtete Gottfried. Er schien es immer wieder fertigzubekommen, jede brenzlige Situation zu meistern. Dabei hatte er vor wenigen Minuten noch wie ein Greis gewirkt.

»Du warst vorhin so tatterig. Lass dir bitte keine neue Ausrede einfallen, um die Chemo zu verschieben.«

Gottfried grinste. »Ich bin vom Parkplatz hierher gerannt und war bloß außer Puste. Jetzt geht's wieder.«

Abgesehen davon, dass er wie ein wandelnder Leichnam aussah, erschien Gottfried erstaunlich fit. Olaf sah ihn ernst an. »Mit deiner Rettungsaktion hast du etwas gut bei mir. Unter normalen Umständen würde ich dich zum Essen einladen oder dir eine kostbare Flasche Wein schenken. Jetzt will ich aber nur Eines: dass du zu dieser dämlichen Therapie gehst.«

»Der Termin bei Doktor Scharschmidt steht. Der Vertrag ist unterzeichnet, und den Flug nach Kapstadt habe ich storniert.«

»Ich fasse es nicht!«, entfuhr es Olaf. »Du wärst beinahe nach Kapstadt geflogen? Und wieso überhaupt Kapstadt? Ich dachte, du solltest nach Mexiko.«

»Mexiko habe ich verschoben«, sagte Gottfried achselzuckend. »In Kapstadt ist die User-Konferenz. Da kann aber auch Carsten, einer meiner Teamleiter, hingehen.«

*

Olaf schickte die Mail an Tobias über einen anonymen Server. Neben der mp3-Datei mit Falkensteins Geständnis besaß sie bloß eine Betreffzeile: »Auflösung Ihrer aktuellen Mordfälle«. Danach formulierte er die SMS für das Diensthandy, um auf die Mail hinzuweisen, damit Tobias sie nicht möglicherweise erst am nächsten Morgen lesen würde. Er fügte noch die GPS-Koordinaten hinzu, unter denen »der von Ihnen gesuchte Mörder« zu finden wäre.

»Wie wollen wir uns nennen?«, fragte er Gottfried.

»›Jemand, der es gut mit Ihnen meint‹, reicht dir nicht?«

»Wir brauchen einen Kampfnamen.«

»›Miss Marple und Mister Stringer‹.«

Olaf verzog das Gesicht. »Hat mir noch nie gefallen.«

»›Die virologischen Kriminologen‹?«

»Das ist ein Zungenbrecher.« Olaf grinste. Dann tippte er »Der Virus-Cop« in sein Handy und verschickte die Nachricht. Der Virus würde sie als anonyme und nicht zurückverfolgbare SMS an Tobias senden – genauso sicher wie die anonyme Mail. Sie konnten nicht auffliegen.

»Sollten wir Falkenstein nicht knebeln?« Olaf bemerkte, dass die Augen des Professors sich geöffnet hatten. »Er könnte um Hilfe rufen.«

Gottfried winkte ab. »Selbst, wenn ihn jemand finden und befreien würde, die Sprachdatei mit seinem Geständnis wird ihn zur Strecke bringen.«

»Dann lass uns schnell von hier verschwinden, bevor Tobias auftaucht.«

43

Sie trafen sich in einer Bar im Westend. Als Olaf sich auf einem der schicken Polsterstühle niederließ, stieß er vor Schmerz die Luft aus.

»Ist eine Rippe gebrochen?«

»Ich denke nicht.« Olaf rieb vorsichtig über die schmerzende Seite. »Meine Laune ist viel zu gut, um mich darüber zu ärgern.« Er blickte sich in dem Lokal um. Nur an wenigen Tischen waren Leute zu sehen, die sich leise unterhielten. Die Bedienung stand gelangweilt hinter dem Tresen. Das Licht war gedimmt. Durch den Raum säuselte dezente Jazzmusik. Niemand konnte hören, was sie sagten.

»Wir haben den Fall gelöst. Du hast mir das Leben gerettet und ich deines. Aber das Beste ist: Tobias wird die Lorbeeren einheimsen!« Olaf strahlte zufrieden, als er von seinem Rotwein trank.

»Versprich dir nicht zu viel davon«, wandte Gottfried ein. »Wir servieren ihm Mörder samt Geständnis auf dem Silbertablett. Warum sollten seine Kollegen das als sein Verdienst ansehen?«

»Er schmückt sich zwar mit fremden Federn, aber nun hat er etwas Wichtiges vorzuweisen«, erwiderte Olaf. »Er steht im Mittelpunkt der Ermittlungen und könnte endlich Freude an seinem Job haben.«

»Ich gönne dir und Tobias, dass du recht hast. Allerdings könnte Falkenstein über einen gewissen Herrn Dernhard aussagen. Jede Wette, dass seine Personenbeschreibung auf dich zuträfe.«

»Die Polizei wird nicht darauf kommen, dass ich das bin.«

»Tobias könnte bemerken, dass der geheimnisvolle Unbekannte seinem Vater ähnelt.«

»Da hilft, alles abzustreiten«, entgegnete Olaf grinsend.

»Ferner könnte Falkenstein sich über einen auffallend dürren Mann auslassen, der ihn beinahe zu Tode erschreckt und dann mit einem Handy beworfen hat.«

»Du musst halt endlich wieder Gewicht zulegen. Du hattest einmal weit hervorstechendere Eigenschaften, als ein Klappergestell zu sein.«

Gottfried schüttelte den Kopf. »Jedenfalls war das hervorragende Teamarbeit«, sagte er schließlich. »Und darüber hinaus haben wir das Projekt *in time* beendet, denn nächste Woche beginnt meine Chemo.«

»Und du gehst da wirklich hin!«, mahnte Olaf.

»Selbstverständlich.«

»Kein New York, Rio, Tokio.«

»Großes Indianerehrenwort.«

Aus Olafs Jackentasche ertönte ein Bimmeln. Weihnachtsglöckchen.

»Mit dem Virus ist ab heute ein für alle Mal Schluss!«, sagte Gottfried bestimmt. »Du hast ihn gar nicht mehr im Griff. Wir können uns nie sicher sein, was er tut. Er schickt geheime Dokumente, an die von Tobias' Handy aus unmöglich heranzukommen ist. Wer weiß, wohin er sich ausgebreitet hat und was er noch alles tun wird? Der Virus hat ein Eigenleben entwickelt, von dem du nicht die geringste Ahnung hast.«

»Ich werde ihn morgen deinstallieren.« Olaf hob beschwichtigend die Hand, als er auf sein Smartphone sah. »Ich will nur schnell ...«

»Du solltest dir gar nichts mehr von dem ansehen, was der Virus schickt. Gerade hast du erzählt, dass er dir heute Abend zum wiederholten Mal aus dem Ruder gelaufen ist. Wegen der vielen Nachrichten hast du meine nicht wahrgenommen, mit der ich dich vor Falkenstein warnen wollte.«

»Ich lösche ihn morgen früh, gleich nach dem Frühstück. Jetzt aber haben wir ihn noch und können nachsehen, ob sich Tobias schon den feinen Herrn Professor vorgeknöpft hat.« Er öffnete die neueste Nachricht, den Mitschnitt eines Telefonats. »Magst du zuhören?« Olaf überzeugte sich mit einem raschen Blick, dass weiterhin niemand in Hörweite war.

»Hast du nicht gesagt, der Virus nimmt keine Telefongespräche mehr auf?« Unwillig beugte Gottfried seinen Kopf in die Richtung des Handys.

»Das Telefonat wurde elf Minuten, nachdem ich die SMS geschickt hatte, geführt.« Olaf drückte auf ›Play‹. Beide lauschten gespannt. Zunächst war das Freizeichen zu hören. Dann meldete sich eine Stimme, die sie nicht zuordnen konnten.

»*Hallo Holger!*« Oh nein! Tobias hatte umgehend seinen Chef informiert. »*Ich habe gerade eine seltsame E-Mail erhalten mit einer MP3-Datei, aus der hervorgeht, dass Hoffmanns Doktorvater die beiden Morde begangen hat.*«

»*Wer ist der Absender der Mail?*«, kam es von der anderen Seite zurück.

»*Es ist eine anonyme E-Mail. Vermutlich schaffen wir es nicht, sie zurückzuverfolgen. Dann gab es auch noch eine SMS, ebenfalls anonym, mit Informationen zum Aufenthaltsort des ...*«

»*Okay. Schick mir beides: Mail und SMS. Ich kümmere mich darum.*«

Olaf ließ das Handy auf den Tisch fallen. »Dieser Dödel! Das war's dann wohl. Sein Chef übernimmt. Er ist derjenige, der den Fall aufklärt, und Tobias steht da wie Klein Doofie.«

»Dabei haben *wir* den Fall gelöst: die ›virologischen Kriminologen‹.« Gottfried hob ironisch grinsend sein Weinglas.

Olaf sah mit dramatischer Miene an ihm vorbei.

44

Olaf konnte das Frühstück nicht genießen. Die Gewissheit, dass er danach den Virus löschen würde, bereitete ihm ein ungutes Gefühl. Leider war es dringend nötig. Trotzdem fühlte es sich an, als sollte er kleine Kätzchen ertränken. Der Virus hatte zwar seine Macken, aber ohne ihn wären die Morde niemals aufgeklärt worden.

Der Grund für das Eigenleben des Virus musste in dieser einen Programmbibliothek liegen. Das war die einzige Erklärung, denn im Quellcode war beim besten Willen kein Fehler auszumachen. Das Entwicklerportal, von dem Olaf die Bibliothek heruntergeladen hatte, war fünf Tage zuvor aus dem Netz verschwunden. Diese Tatsache ließ nichts Gutes über die dort zum Download angebotene Software erahnen. Der Virus musste schnellstmöglich von Tobias' Handy entfernt werden.

Olaf setzte sich mit seiner Kaffeetasse an den Schreibtisch. Der Konfigurator mit seinen bunten Symbolen lächelte ihn vom Bildschirm her geradezu freundlich an. Die Option zum Deinstallieren des Virus war wenige Tage zuvor wiederaufgetaucht, als wäre sie nie weggewesen. Mit Unbehagen dachte Olaf daran zurück, wie er den außer Kontrolle geratenen Virus nicht hatte bändigen können, wie alle Einstellungen durcheinandergeraten waren und die Option zum Deaktivieren unauffindbar gewesen war.

Am Morgen hatte Tobias mit nüchternen Worten gesagt, dass sie »ihren Mörder« hätten. Der Professor war also festgenommen, und Sara wusste gewiss Bescheid. Wie mochte sie sich nun fühlen? Wie hatte sie die Nachricht aufgenommen, dass ihr Mann ein Doppelmörder war? Sie sollte froh sein, dass sie ihn los war. Falkenstein würde die nächsten Jahrzehnte im Gefängnis verbringen, vielleicht bekäme er sogar lebenslänglich. Auf jeden Fall würde Sara ihr zukünftiges Leben ohne ihn einrichten, vermutlich aber auch ohne sein Geld. Wenigstens hätte sie bald den vermeintlichen Erpresser vom Hals. Wie Gottfried ihr glaubhaft machen wollte, dass er sie nicht weiter zu erpressen gedachte, sogar alle Kopien des belastenden Materials ohne Gegenleistung vernichten würde, war allerdings schwer vorstellbar. Aber Gottfried wäre nicht Gottfried, wenn ihm nichts Überzeugendes einfiele.

Olaf bemerkte, dass er in sich hinein grinste. Bei dem Gedanken an Sara? Plötzlich hielt er das Handy in der Hand, legte es aber sogleich zurück auf den Schreibtisch. Zuerst sollte er den Virus von Tobias' Smartphone löschen. Er könnte sie danach anrufen. Allerdings hatte er auf dem Display eine WhatsApp-Benachrichtigung gesehen. Diese Nachricht wollte er zunächst lesen. Sie war von Uwe. Wahrscheinlich hatte er für die Band einen Auftritt im Madison Square Garden klargemacht, dachte Olaf ironisch.

»Wir haben einen Drummer«, las er. »Rüdiger, du erinnerst dich, von den ›Heavy Blizzards‹.« Olaf musste eine Weile überlegen, dann fiel ihm ein Typ namens Rüdiger am Schlagzeug einer Rockband ein. Das musste Anfang der 80er gewesen sein, wie alles, worum es sich bei Uwe drehte. »Damit ist die Band komplett«, las Olaf weiter. »Im Oktober haben wir einen Auftritt im ›Irish Pub‹, genauer Termin ist noch zu klären.«

Olaf legte das Handy zurück auf den Tisch. Uwe tat gerade so, als hätte er bereits zugesagt. Ein Auftritt im ›Irish Pub‹ mit ihm an der E-Gitarre: eine beunruhigende, aber auch eine aufregende Vorstellung – für die er im Moment keine Zeit hatte. Es galt, einen unberechenbaren Virus zu löschen.

Er wandte sich dem Laptop und dem Konfigurator zu, aber er war nicht bei der Sache. Durch seinen Kopf zogen Uwe, eine E-Gitarre und Hardrock spielende Rentner.

Kurz darauf nistete sich Sara in seinem Bewusstsein ein. Schließlich nahm er das Smartphone zur Hand und wählte ihre Nummer. Es fühlte sich wie eine kleine Verwundung an, als sein Anruf nach zweimaligen Tuten weggedrückt wurde. Sara schien Besseres vorzuhaben, als mit ihm zu sprechen. Er musste sich mit dem Gedanken vertraut machen, dass sie sich nur deshalb mit ihm eingelassen hatte, weil sie ihn für einen Privatdetektiv hielt. Gewiss war sie bloß auf Informationen zu den Ermittlungen aus gewesen, und mit der Aufklärung des Falls hatte Olaf seinen Reiz für sie verloren. Allerdings sprach gegen diese Theorie, dass Sara, von ihrer ersten Begegnung abgesehen, nie über Benjamin sprechen wollte und ihn stets sehr zielstrebig in ihr Bett gelotst hatte. Olafs Gedanken drehten sich im Kreis. Vermutlich nahm sie an, Olaf hätte etwas mit der Überführung ihres Mannes zu tun, und fühlte sich von ihm ausgehorcht. Er schmunzelte bei dem Gedanken: Er, der Endfünfziger sollte diese Granate von Frau verführt haben, um sie auszunutzen?

Ein plötzliches Klingeln riss ihn aus seinen Gedanken. Eine SMS von Sara! »Kann nicht telefonieren. Bin auf Mallorca beim Notar wegen der Finca. Melde mich später.«

Olaf wusste nicht, worüber er mehr verblüfft war: darüber, dass sie ankündigte, ihn zurückzurufen oder über die Tatsache, dass sie sofort, als sie von der Verhaftung des Professors erfahren hatte, nach Mallorca geflogen sein musste, um etwas mit einer Immobilie zu regeln. Vermutlich kaufte sie gerade ein Haus von Falkensteins Geld oder verkaufte eines, um es zu ihrem eigenen Geld zu machen.

Er legte das Handy neben den Laptop. Um Sara musste er sich keine Sorgen machen, er musste den Virus von Tobias' Handy löschen. Wieder wandte er sich dem Konfigurator zu. Wie zuvor wirkte er geradezu freundlich, wie er einladend und harmlos mit angenehmen Farben über dem Monitor zu schweben schien. Widerstrebend nahm Olaf die Maus in die Hand.

Das war es also: das Ende des Virus. Mit seiner Hilfe hatten Olaf und Gottfried zwei Mordfälle aufgeklärt. Einem Geheimnis waren sie allerdings nicht auf die Spur gekommen: Wer war für das Datenleck in Falkensteins Institut verantwortlich? Vermutlich hatten Kriminelle das Netzwerk gehackt, die Ergebnisse aus Falkensteins Forschung abgegriffen und verkauft. Irgendjemand musste sich damit eine goldene Nase verdient haben, aber Olaf würde nicht herausfinden, wer es war.

Nachdem er sich durch mehrere Fenster geklickt hatte, lag der Knopf zum Deinstallieren des Virus vor ihm. Seiner bedeutsamen Funktion entsprechend, war er rot. Olaf ließ den Mauszeiger eine Weile um den Knopf kreisen. Dann klickte er entschlossen darauf.

»Wollen Sie das Programm wirklich deinstallieren?«

Olaf betrachtete seufzend die Nachricht in dem aufgepoppten Fenster. Er wollte den Virus nicht löschen, er *musste* ihn löschen. Hoffentlich hatte er sich nicht bereits im Netzwerk der Polizei eingenistet. Er holte mit dem Zeigefinger aus, um mit viel Effet auf ›Ja‹ zu klicken, als er einen vertrauten Ton vernahm: Weihnachtsbimmeln. Kurz darauf breitete sich ein Dokument über den Bildschirm aus.

Olaf begann zu lesen: Tobias' nächster Mordfall.

Danksagung

Ich danke allen, die mich beim Schreiben des „Virus Cop“ unterstützt haben: allen voran meiner Frau, Waltraud Dembinski-Maier, nicht nur weil sie einen ständig am Schreibtisch sitzenden Mann ertragen hat, sondern auch für ihre Anregungen und konstruktive Kritik.
Ich danke meinen Probeleserinnen Meike Möhle, Caroline Susemihl und Agga Kastell für ihre Feedbacks und wichtigen Impulse.
Danke an Dieter Aurass, der mir mit seinem Expertenwissen Fragen rund um die Polizeiarbeit beantwortet hat.
Meinem Verleger Gerd Fischer danke ich für das in mich gesetzte Vertrauen und die Unterstützung bei der Erstellung dieses Buches.

Robert Maier, im Dezember 2018